KB206966

내가 읽은

내가 읽은

책과 세상

책과 세상

김훈의 시이야기

내가 읽은 책과 세상

푸른숲

여기에 묶는 글들은 지난 1989년에 발행된 『내가 읽은 책과 세상』(푸른숲)에서 시에 관한 대목들을 추려낸 것이다. 거기에 다른 원고들을 몇 편 보충했다. 대부분이 1980년대에 씌어진 글이다. 나는 이런 글들을 쓰면서 80년대를 지나왔다.

나는 내가 쓴 글들을 다시 들여다본 적이 거의 없다. 나는 그 수치와 모멸을 견디지 못한다. 원고를 출판사에 넘길 때, 버려야 할 내 신체의 일부를 잘라주듯이 던져버렸다. 교정은 물론, 책이 나와도 다시는 읽어보지 않았다. 나를 오래오래 괴롭힌 글일수록 더욱 거들떠보지 않았다. 그리고는 다시 책상 앞으로 돌아와 연필을 잡았다. 자기혐오로써 자신을 긴장시켜나가는 자의 불우는 말로 전할 수 있는 것이 아니다.

이 책을 엮는 과정에서, 편집자의 강권에 못 이겨 오래 전에 쓴 글들을 다시 읽었다. 글을 바꾸어 쓰면서 나는 참담하였다. 결국 이렇게 나이 먹고 세월은 별수 없이 허송세월되는 것인가.

20년 전에 원고를 내던졌듯이 이 원고들도 또 한번 팽개치듯이 내던질 수밖에 없다. 무슨 수가 있겠는가. 나에게는 없다.

다시, 출발선상으로 돌아가려 한다. 그것만이 지나간 글들을 펴내는 나의 진정성이다. 그 이외에는 아무것도 없다.

2004년 6월
김훈 씀

여기에 모이는 글 부스러기들은 대부분이 밥을 벌기 위해 허둥지둥 쓴 글들이다.

글 쓰는 자의 정당한 기쁨이나 글 쓰는 자가 마땅히 흘려야 할 피를 정직하게 흘려가며 쓴 글도 있지만, 그날 그날의 마감 시간과 사투를 벌이며 "이 글에서 벗어나야 한다"는 일념으로 몰고 나간 글들도 적지 않다. 그걸로 밥을 먹었다니, 부끄러운 일이다. 다만 거기에 조금이라도 묻어 있을 내 고난과 헤맴의 자취에 의하여 그 부끄러움이 사하여지기를 바란다. 그러나 이러한 글 부스러기를 모아 책을 낸다는 파렴치 행위는 이 다 떨어진 생애에 모욕을 배가하는 일임에 틀림없다.

어린아이가 세상을 바라보듯이, 모든 것을 새롭게 읽고 새롭게 받아들일 수는 없을까. 아마 그럴 수는 없으리라. 업과 더불어 짜증과 더불어 모자람과 더불어 한 발자국씩 나가는 이외에 무슨 다른 길이 있으랴.

더 나이든 어느 날, 글을 버리고 책을 버리고, 치타나 기린 같은 알 수 없는 짐승들 옆에서 혼자 앉아 있게 되기를 바란다.

그러나 방금 쓴 이 건방지고 난폭한 말은 또다시 용서를 빌어야 할 죄악은 아닐런지. 그만 쓰자.

1989년 6월
김훈 씀

차례

시집기행

시 로 엮 는 가 을

시 로 엮 는 가 을

지나가버린 수만 번의 가을과 닥쳐올 수만 번의 가을 사이에 낀

단 한 번의 그 덧없는 가을날……

모든 제국과 모든 견고한 것들이 바람 앞에 무너져내리고,

덧없음을 확인한 자의 미소가 오히려 영원의 해와 달에 젖을 때,

견고한 것과 덧없는 것 중에서 진실로 어느 편이 헛된 것인지를

그 가을산 돌부처들은, 끝끝내 말하지 않는다.

서해에서

내일이 새로울 수 없으리라는 확실한 예감에 사로잡히는 중년의 가을은 난감하다. 거둘 것 없는 자들의 가을은 지난 여름의 무자비한 증발작용이 흰 소금의 앙금을 벌판 가득 깔아놓은 서해 남양만의 염전에서 오히려 편안하리라. 소금밭의 가을은 바래고 바래서 더 이상은 증발될 것이 없는, 하염없는 말라비틀어짐의 가을이다. 세계가 세계사에 의하여, 또는 문명이나 논리에 의하여 가득 채워져 있다고 믿는 사람들에게 썰물의 서해는 감당할 수 없이 막막한 빈 공간을 안겨다준다.

아득한 염전벌판이 끝나는 곳에서부터 다시 아득한 갯벌이 펼쳐지고, 바다는 그 갯벌이 끝나는 곳까지 물러가 있다.

수인선(水仁線) 협궤열차에서 내다보면 염전의 지평선과 그 너머 바다의 수평선이 이 세상 너머의 또 다른 협궤철로처럼 좁은 폭의 평행선을 이루며 수인선을 따라온다.

염전벌판에는 지난 여름의 졸아붙이는 단솥 속의 고난이 소금의 알맹이로 허옇게 말라붙어 있고, 저무는 벌판의 가장자리에 듬성듬성 들어선 검은 소금창고들은 건축물로서의 손톱만한 미학적 허세마저 모두 내버리고 단지 세월에 의하여 바래어져가고 있다. 염전 너머의 갯벌에는 바다의 질퍽거리는 밑창이 파렴치하게도 드러났고 갯벌 위로 실핏줄처럼 파인 고랑을 따라 경운기 모터를 동력으로 삼는 0.5톤짜리 고깃배는 포구로 돌아온다.

열차 차창 밖으로, 수평선과 지평선이 이루는 협궤는 저무는 바다 속으로 함몰되고 있었지만, 지상의 수인선, 막차 안에서는 팔다 남은 생선 몇 마리를 싸가지고 돌아가는 사내들이 막대저울을 옆구리에 낀 채 열차바닥에 주저앉아 졸고 있었고, 역사(驛舍)는 없고 이정표만이 꽂혀 있는 포구마을의 간이역마다 그 사내를 마중나온 아낙네들이 서해의 황혼에 젖어 있다.

수인선 군자역에서 소금창고가 들어선 염전 둑길을 따라서 육지의 끝 오이도(烏耳島)에 이르는 서해의 공간은 시인 김종철(金鍾鐵, 41)의 상상력의 고향이다.

그의 시적 상상력은, 어떠한 문명에 의해서도 채워지지 않는 이 막막한 공간을 육지와 바다, 삶과 죽음, 존재와 부재 사이의 완충지대로 파악하고 있다. 이 완충지대는 삶과 죽음, 이승과 저승 사이를 표류하는 부랑의 공간이지만, 이 떠도는 신기루의 공간을 삶의 영역 안으로 평정해 들이려는 노력에 의하여 그의 가장 힘있는 시행들은 씌어지고 있다.

　　　作은 풀꽃이 무심히 피고 지는 것을
　　　너희들은 보고 또 보았으리라
　　　배고프면 밥 먹고
　　　졸리우면 잠자는 것
　　　땅에 발을 딛고 사는 것이
　　　허공에 외줄 타는 것보다 더 어려운 까닭을
　　　이제는 뉘에게 물어볼까
　　　(……)
　　　내일을 다시 꿈꾸고 사는 것들은
　　　너희들의 드러나지 않은 상처를 껴안고
　　　눈물은 입으로 절망은 눈으로 노래하는 것밖에 없더라
　　　새는 날개로 날아다니지만
　　　너희들은 주기도문의 꿈 밖을 헛날고 있더라
　　　(김종철, 「떠도는 섬」 중에서, 『오이도』, 문학세계사)

부산의 바닷가에서 태어나 성장하고, 지금은 경기도 안양에서 밥벌이를 하고 있는 시인 김종철은 가을이 깊어지면 안양의 한복판에 앉아서도 서해로부터 밀려오는 바다의 소금기를 감지할 수 있었다고 한다.

　그는 가을의 후각에 의하여 서해의 염전벌판과 오이도를 찾았고, 그의 시「오이도」연작은 그의 오랜 서해 편력의 소산이다.

　그의 상상력 속에서 오이도는 파도에 실려 떠내려가는 표랑의 섬이고, 삶과 죽음 사이를 신기루처럼 떠도는 불귀순(不歸順)의 섬이지만, 염전 벌판의 소금으로 잦아들더라도 거기에 삶을 엉키게 해야 할 그리움의 공간이다.

> 매일밤 수의를 입은
> 어머니 꿈을 꿉니다
> 그때마다 나는 꿈 속에서
> 눈물을 한없이 흘립니다
> 그러나 정녕 마음이 아프고 슬픈 것은
> 나의 몸은 보이지 않는데
> 내가 울고 있는 일입니다
> (김종철,「오이도 6」전문, 같은 책)

이 시에서 그는 삶과 죽음, 존재와 부재 사이에 낀 피 흘리기의 삶을 보여주고 있지만

> 젖은 사내들의 고장난 나침반이
> 물살을 따라오며 다시 젖는다
> 젖은 것들은 밤마다 섬으로 건너와
> 늙은 까마귀와 함께 운다
> 이 마을을 떠나지 못한 과부 아낙들이
> 밤마다 함께 운다
> 새벽 두 시의 염전 바닥이
> 조금씩 마른다
> (김종철, 「오이도 3」 중에서, 같은 책)

와 같은 시행들은 삶의 수분을 모두 빼앗기고, 떠도는 땅의 땅바닥에 한 줌 소금으로 엉겨붙는 삶을 말하고 있다. 마지막 두 줄이 이루어낸 시적 성취에 의하여 이 시는 진부한 인생론에 빠지지 않는다.

서해의 갯벌에서는 마음에 삶의 상처가 우두자국처럼 인각되어 있는 많은 사람들과 만날 수 있다. 염분에 전 갯벌의 후미진 구석마다 월곶, 고잔, 사리, 소래, 군자, 옥구도, 오이도의 염전마을이나 작은 포구마을 들이 들어서 있다. 거기에

서의 생계는 갯벌로 가로막혀 아득히 닿을 수 없는 바다로부터 얻어진다.

바다의 드나드는 물살을 거역할 힘이 없는 0.5톤짜리 고깃배들은 그 앞바다까지 나아갔다가 밀물의 맨 앞자락에 실려 갯벌로 돌아온다. 갯벌에서 마을까지는 갯벌 위에 패어진 고랑을 따라 들어온다. 고깃배가 마을에 닿는 저녁마다 포구에서는 생선과 곡식을 바꾸는 작은 교역들이 이루어진다.

황해도에서 쪽배를 타고 남쪽으로 내려온 실향민들이 이 작은 포구마을들에 모여 살고 있다. 사내들이 바다로 나간 낮시간에는 아낙네들이 긴 일렬종대를 이루며 갯벌을 건너간다. 아낙네들은 바다가 시작되는 갯벌의 가장자리에서 갈고랑이로 갯벌을 찍어 대맛, 빗죽, 가무락 등 조개 종류와 낙지, 소라를 캐낸다. 바다의 새들이 아낙네들의 사이사이에 내려와 앉아 부리로 갯벌을 쪼아 먹이를 뒤지고 있다. 황해도 출신 월남실향민의 2세인 박영길(朴英吉·30)씨는 고깃배 두 척을 부리는 구릿빛 어부다.

그는 단지 바다의 물길과 바람결, 그리고 어족들의 까다로운 습성만을 말할 뿐 그 삶이 쓰다 달다에 관해서는 일언반구도 하지 않았다. 그는 단지 "당신은 살기가 어떤가?"라고만 말했다. 삶의 응축된 현장 앞에서, 대체로 글을 쓴다는 짓거리는 참담한 것이라고 그의 눈은 말하고 있었다. 해풍에 시달린 그 눈은 두꺼운 결막에 의해 보호되고 있었다.

가을은 김종철 시의 한 주조음을 이룬다. 거둘 것 없는 도시 소시민의 가을을 노래할 때도 정서의 바탕은, 삶과 죽음의 완충지대에서 고난의 소금이 허옇게 엉겨 있는 이 서해 염전벌판의 가을에 닿아 있다. 그의 가을은 잡히지 않는 삶의 막막함 위에 삶을 세울 수밖에 없는 자의 빈 가을이다.

> 딸아, 잠시 후면 바람 불고
> 잠시 후면 날이 기울고 그림자가 갈 때
> 이 젊은 애비가 붙들고 있는
> 거친 들을 보게 될 것이다.
> 아직 세상의 아무 이름도 갖지 않은 딸아.
> 네가 가질 바다와 숲과 땅에
> 어찌 북풍으로 그 품을 채우겠느냐
> 가을은 언제나 노루와 들사슴으로
> 우리에게 부탁하더라
> 오직 우리의 살이 아프고 마음만 슬플 뿐이더라
> 딸아, 빛은 어두운데 가깝다 하는구나
> 이 애비가 너와 함께 어느 때까지 말을 찾겠느냐.
> (김종철, 「續·딸에게 주는 가을」 전문, 같은 책)

서해 염전벌판의 가을은 인간의 상처에는 보상이 없다는 것을 가르쳐준다.

　그 염전의 가을은 삶에 왕소금을 비벼넣는 가을이다.

　"떠도는 고난의 섬 오이도는 더 이상 서해의 끝에 있지 않다. 그 섬은 이제 내 마음 속으로 옮겨왔다. 내 마음 속에서 그 섬이 자라나고 있다"고 김종철은 말했다. 어두워지는 소금벌판을 한참 동안 바라보다가 캄캄해져서 여관으로 돌아갔다.

서해 염전벌판의 가을은 인간의 상처에는 보상이 없다는 것을 가르쳐준다. 소금밭의 가을은
바래고 바래서 더 이상은 증발될 것이 없는, 하염없는 말라비틀어짐의 가을이다.

동해에서

오호츠크해를 떠난 동해한류는 10월 초부터 한반도 쪽으로 바짝 접근해 오고 있다. 동해한류와 함께 들끓으며 남하하는 수억 마리의 명태떼들은 이제 거진 북쪽바다에 당도하였다. 명태들은 아직도 남쪽으로 넉넉하게 내려오지 않고 어로한계선 부근에서 우글거리고 있다. 거진, 대진, 속초, 주문진, 울진의 고깃배들은 10월 초순부터 일제히 바다로 나아갔다.

동해의 가을은 안온한 저장과 휴식의 계절이 아니다. 칼날같이 찬 겨울바다에서 투망질로 손금 닳아 없어지는 기나긴 노동의 겨울은 이미 시작되었다. 금년에는 웬일인지 동해한류가 일찍 밀려와서 명태떼들도 예년보다 한 달 정도 빨리 내려왔고, 캄차카 반도에서 날아온 청둥오리의 선발대들이 엷어져가는 가을햇볕에 날개를 말리고 있다.

새들이야 저 살고 싶은 땅이나 바다로 옮겨다니며 사는 팔자 좋은 것들일 테지만, 사람은 제 마음에 드는 땅을 골라서 태어나지 못하는 것이어서, 새들이 한 겨울을 쉬어가는 그 해안선에서, 사람들은 살기 위하여 영세한 삶의 등불 하나씩 켜들고 겨울바다로 나아간다.

찌그러진 양재기나 세숫대야를 뚫어서 갓을 씌운 저 영세한 삶의 칸델라 불빛이 밤의 바다 위에 반딧불처럼 떠다닐 때, 여자들만이 남아 있는 해안선 마을에도 등불이 켜지고, 바다에 뜬 고깃불과 마을의 불빛들이 어둠 속에서 깜박이며 서로 부르다가, 바다의 고깃불들이 이윽고 밤의 수평선을 넘어가서 보이지 않게 되면 마을은 차례로 소등한다.

흔적선 뒤의 초병들은 칠흑의 바다를 노려보고 있고 덕장의 나무 말뚝이 밤새도록 해풍에 삐걱이는데, 김이 나는 한 그릇 밥의 평화는 고깃배들 사라진 밤의 수평선 너머에서 어른거린다.

이 바다에서 태어나고 자란 김명인(金明仁)의 시들은 동해안 어촌의 삶과 고난, 바다 앞에 속수무책으로 노출되어 있는 생존의 무서움들을 뜨겁게 끌어안고 있다. 거기에서의 삶의 조건들은 어쩔 수 없이 눈물과 가난이지만 김명인의 '끌어안기'는 그 고통스런 삶의 조건들을 커다란 친화력 안으로 수용해내고 있다.

대체로 말해서 김명인은 '눈물'에 무장(武裝)의 갑옷을 입히지 않는다. 모든 눈물은 눈물 속에 침잠하려는 충동과 스스로 눈물이기를 거부하는 모순의 힘을 갖게 마련이다. 김명인은 그 눈물을 눈물로서 온전히 간직하고 끌어안으려는 노력에 의하여, 언어에 의하여 무장화된 눈물보다 더 큰 힘을 행사하고 있다.

무서워서 우리는 언 손을 잡았다.
방파제 끝엔 뒤집히는 파도,
더 먼 곳이 우리를 부르는 것이라 믿었다.
등덜미에 물보라가 끼얹어지고
수없는 길들이 쓰러져왔다.

그리고 너는 중학교 선생,
어한기(漁閑期)엔 학생들이 무더기로 잘려 나가고
학적부에 붉은 줄을 그어 넣으며
그들에게 고향을 심는다고. 찬비 내리는 밤이다.
무엇이 여기서 더 내려야 하고
무엇이 여기서 그만 그쳐야 하나.

유리창에 빗줄 하나 흔들리고

그 너머 밤배 하나 흐른다. 나 혼자는 무섭고

너희들도 함께 침묵하는 이 밤에는

무엇이든 놓아버리고 싶다.

흩어진 암초에 엎드리고

옆구리에 잠자코 받는 작살.

(김명인, 「영동행각(領東行脚) Ⅶ」 전문, 『동두천』, 문학과지성사)

같은 시에서 그는 고통스런 현실, 바다가 주는 근원적인 무서움 앞에서의 자기방기를 노래하고 있지만, 그의 자기방기는 자신을 현실의 쓰레기통 속에 내버리는 것이 아니라, 괴로운 현실과 저 자신을 합치시키려는 친화의 고행이다.

한 생애가 눈물 가득 잔물결로도 출렁이고

서러울수록 그 위에 엎어져 함께 흐느껴 가면

어둠 속 더욱 넓어지는 소리의 이 한없는 두런거림

여기서 자라 이 물결에 마음 붙인

사람들의 오랜 고향을 나는 안다

(김명인, 「다시 영동(領東)에서」 중에서, 같은 책)

김명인의 시 속에는 흔히 '추위' '언 손' '겨울'이 등장한다. 그가 형성기를 보냈던 울진 근처의 작은 어촌에서 생존을 위한 가장 가혹한 싸움은 늘 겨울바다에서 벌어졌다. 해마다 동해안 어촌들의 가을은 가을이라고 할 것도 없이 이미 겨울의 긴 싸움 속으로 접어든다.

　가을의 낙산사 앞바다에서 인간은 저 자신의 육체로써 한 개의 악기가 되고 싶어진다. 신라의 경주에서 이 해안선을 따라 걸어서 올라오던 원효(元曉)와 의상(義湘)은 아마도 속초 아래 물치 삼거리쯤에서 헤어졌을 것이다. 원효는 그 삼거리에서 설악산으로 들어가 영혼의 동굴을 파고 들어앉았고(현재의 영혈사), 의상은 바닷가로 내려가 낙산사를 열었다. 의상이 동해를 마주하고 앉았던 낙산사 홍연암(紅蓮庵) 마루 틈새로 내려다보면 까마득한 마루 아래로 동해의 잔 파도 한 자락 날름거린다.

　속초의 시인 이성선(李聖善)은 이 낙산사에서 많은 시를 썼다. 동해에서 씌어지는 그의 시들은 자꾸만 악기의 속성을 닮아가고 있다. 그 악기의 꿈은 우주에 미만해 있는 리듬을 담아냄으로써 저 자신과 우주를 일치시키는 것이다. 이성선의 악기는 때로는 타오르는 관능의 정결함을 탄주하거나 저 자신의 소리마저 비워버리는 선의 세계를 담아낸다. 그의 많은 시들은 동해바다 위로 뜨는 플룻의 음색을 닮아 있지만, 그가 낙산사에서 쓴 시들은 대금의 음색을 닮아 있다. 플룻은 명징하다. 대금은 먼 것들을 부른다. 그는 관악기를 불듯 시를 불어낸다. 그가 달뜨는 동해를 노래한다.

　낙산사(洛山寺) 주지스님 방에는 파도만 치면 바다 울림으로 문고리가 떨린다. 하늘에 이변(異變)이 생겨 사천왕(四川王) 눈빛이 빛나고 원통보전(圓通普殿) 주춧돌에 번개가 내릴 때 스님이 잡은 비파 천년 잠든 현이 미친 듯 울며 깨어나, 바다를 부수고 세상을 부수고 하늘을 부수어 등 굽은 스님 절벽귀를 후려때린다.
　경내 비틀린 고목 가지에 다시 별이 뜨고 삼십삼천(三十三天) 하늘이 추녀 끝으로 깊이 빛나는 밤
　독방에 좌선(坐禪)하여 하늘로만 귀를 열어놓고 시간을 쓸어내는 스님 앞에 떨리는 문고리. 이승과 저승의 바다에 붉게 떠오르는 달.
　(이성선, 「이변(異變)」 전문, 『빈 산이 젖고 있다』, 미래사)

이성선의 동해는 소승적 자유의 바다이다. 그러나 리듬에 실려 바다에 뜨는 소승의 자유나 겨울바다의 고난을 말하는 것만으로는 동해는 온전히 구성되지 않는다. 동해는 분단질

서의 영구화를 수락할 수 없는 우리나라의 젊은 시인들이 통일을 향해 언어와 삶을 힘겹게 한 걸음씩 옮겨놓고 있는 미래의 바다이고 그래서 지금은 거대한 부자유의 바다다. 분단극복을 노래한 많은 좋은 시들이 동해안에서 씌어지고 있다.

부끄러워라
저 바다를 보면
거대한 세계가 결코 흩어지지 않는 것을 보면
모여서 숨죽이고, 함께 흐느끼고
같이 일어서는 것을 보면
내 가슴의 바다는 또렷이 철썩이며
깨어지고 부서진 모습으로 부끄러워라
(……)
욕된 몸으로
깨끗한 물의 나라에 서면
지독한 슬픔조차 눈시린 푸르름으로 다독여
하나의 민국을 이룬 저 바다에 서면
헤어지지 않아서 거대한
거대한 저 바다에 서면.
(나해철, 「동해일기 4」, 『동해일기』, 청사)

젊은 시인 고형렬(高炯烈)은 강원도 고성군에서 면서기를 하면서 70년대를 보냈다. 아마도 그의 동해체험이 그를 좋은 시인으로 완성시켜준 것이 아닌가 싶다. 면서기의 행정용어들도 그의 시 속에서는 새로운 힘을 갖는 시어로 다시 태어난다. 동해에서 쓴 그의 시들은 그의 시집 『대청봉(大靑峰) 수박밭』과 『해청』 속에 들어 있다. 그가 조국의 바다 밑을 훑고 다니는 외세의 잠수함에 대하여 말한다.

우리의 동정을 완전히 안다는

우리도 모르는 잠수함이,

이 대진(大津) 앞바다 밑에 와 있다.

밤엔 섬 뒤에서 선체를 띄워

해상 공기를 들이마시고 발갛게 불을 켜는,

이 발전소만한 검은 함정은

100년 전 어제 1차 왔던 잠수함.

이 바다 속에서 숨을 참으며

뭔가를 하면서 다닌다는데

그래 뭔가를 들쑤시며 다닌다는데

(……)

이러한 밤중 동해 밖에서

빈손으로 사는 남루한 아내야,

우리는 언제 가정과 행복을 알리.

저 동해가 누의 바다기에

(고형렬, 「동해」 중에서, 『대청봉 수박밭』, 문학동네)

섬진강에서

섬진강 가장자리 얕은 물에서 반짝이던 은어의 떼들은 가을이 깊어지자 바다로 돌아갔다. 강물은 구례, 곡성의 들판과 지리산을 휘돌아 하동포구로 쏟아져 내리던 지난 여름의 그 도도하고도 혼탁한 힘을 이제 모두 버렸다. 강물은 강 바닥으로 잦아들면서 저 자신의 투명에 하늘의 투명함을 포개고 있다. 가을 강가에서는 한 그루의 나무조차도 명석하게 서 있다. 끝없이 출렁거리면서 강을 따라오는 지리산의 봉우리들도 이제는 지난 여름의 그 푸르고 강성한 힘을 모두 버린다. 능선은 헐벗음 속으로 쓰러져가면서, 봉우리들은 투명한 강물 속에 거꾸로 들어앉아 있는 제 모습을 들여다보고 있다.

지리산 속 마을의 어느 노인을 붙들고 물어보아도, 피아골 벽소령 촛대봉 골짜기에서 매맞아 죽거나 찔려 죽은 형제, 친척, 이웃들의 참혹한 죽음과 산야에 나뒹구는 그들의 흰 뼈를 이야기한다.

　화개동에서 쌍계사에 이르는 골짜기의 대나무 숲은 모든 나무들이 헐벗는 가을에 오히려 푸르름의 기승을 부리며 점묘법의 동양화로 펼쳐져 있다. 같은 대나무가 사군자도 되고 죽창도 되고 화살도 되고 악기도 되는 역사의 무서움 속으로 맑은 가을강은 흘러가고 있었다.

　아마도 강물과 역사가 인간이 기댈 만한 위안과 힘이 되는 것은 그것들이 쉴새없이 흐르기 때문이리라. 그것들은 괴로운 과거와 절연하지 않고 늘 맥을 잇대어 흐르고 흘러서 사라지되 잇달아 당도하여 늘 새롭다. 저무는 섬진강에서 부르는 고은(高銀)의 노래는 산다는 것과 죽는다는 것을 한데 비벼서 도도한 흐름으로 흐르게 한다. 그 강물을 역사의 강물로 읽을 수도 있을 것인데, 그 강물은 이승에서의 삶의 자리를 남에게 물려주고 이윽고 소멸해야 한다는 일에 대하여 사람들을 예비시킨다. 그 강물은 세상의 고난과 슬픔을 녹여서 흐르는 평화의 강이지만 그 강의 물소리는 깊은 허무의 울림을 울린다.

뼈저리게 서럽거든 저문 강물을 보아라.
나는 그냥 여기 서서
산이 강물과 함께 저무는 일과
그보다는 강물 가장자리 서러운 은어떼 헤매는 일과
화엄사 각황전 한 채를 싣고 흐르는 일들을 볼 따름이구나.

저문 강물을 보아라. 한동안을 천배 백배 즈믄 동안으로 보
아라.
강물 위에 절을 지어서
그곳에 피아골 벽소령 죽은 이들도 다 모여서
함께 이룬 이 세상의 강물을 보아라

(……)

이제 살아 있는 것과 죽은 이가 하나로 되어
강물은 구례 곡성 누이들의 계면조 노래로 들리는구나.
그리하여 강기슭의 이쪽저쪽 어둠이 되고
그 어둠의 제자리 높게 솟아올라
저 노고단마루도 문득 빛나는 새소리 따위를 낸다.
살아 있는 사람 앞에서 강물은 이렇게 저무는구나.
보아라 만겁 번뇌 있거든 저문 강물을 보아라.

(고은, 「섬진강에서」 중에서, 『문의마을에 가서』, 민음사)

섬진강은 우리나라에서 가장 맑은 강이다. 그 강은 공해의 오염에 찌들지 않은 우리들의 마지막 강이다. 하동 쪽 섬진강과 지리산 남쪽 끝의 산골마을인 화개는 시인 김필곤의 육신과 시의 고향이다. 화개(花開)는 꽃피는 땅이다.

화개마을 섬진강변에서 씌어지는 김필곤의 시들은 초식동물의 울음소리를 낸다. 이 세상에서의 그 시인의 밥벌이는 야간우편열차 승무원이다. 작은 역마다 들러가는 밤의 완행열차를 타고 서울·광주·목포를 오가면서 열차가 서는 모든 역마다 우편행낭을 전해주고 그 역에 모인 편지보따리를 수신지역으로 전해주는 것이 그의 일이다.

그는 역과 역 사이의 철로 위에서 시를 생각한다고 한다. 밤의 철로 위에서 떠오르는 그의 시들은, 희한하게도 노동의 고난이나 분노를 말하는 일이 거의 없다. 쿵쾅거리는 밤의 레일 위에서 그의 마음은 섬진강변 화개마을에 가 있다. 그는 말의 리듬에 대한 집착이 대단하다. 자유시조차도 시조의 모습을 닮아가고 있다. 그가 화개동의 섬진강변에서 가을의 텅 빔과 인간 존재의 가벼움을 노래했다. 그의 노래의 특징은 단순성이다.

좀체로 만날 수 없는
아득함의 강가에서

오늘은 내 눈물이
흰 도라지꽃 흔들림이 되기도 하고

미래의 죽음도 와서
단풍처럼 가볍고나

가을 산새 허허로움,
깃이 지는 울음같이

글썽임 글썽임 그것이
이승의 삶 아닌가

어느 날 내 달빛 길이
이슬 젖어 비치네
(김필곤, 「강가에 앉아」 전문)

화개는 하동, 산청, 함양, 남원, 구례, 광양의 6개군과 인접
하고 있어, 섬진강가에서 열리던 화개장터는 전라도의 물산

과 경상도의 물산이 서로 바뀌고 하동포구를 거슬러 올라오
는 남해의 수산물과 지리산이 무진장으로 쏟아내는 임산물
이 교환되던 큰 장터였다. 강을 건너는 교역과 강을 오르내
리는 교역이 화개에서 합쳐졌다.

그러나 대도시와의 포장도로가 개설된 지금 화개장터의
영화는 사라졌다. 지리산이 가을마다 인간에게 내리는 엄청
난 축복—감, 잣, 밤, 버섯, 산나물이며 온갖 진귀한 약초, 대
나무, 토종꿀, 작설차며 전국 땅꾼들이 침을 흘리는 동면 직
전의 지리산 가을뱀은 이제 화개장터에 모이는 것이 아니라
대도시에서 내려온 8톤 트럭에 실려 그날로 팔려간다.

화개동 산골에서 만난 김성곤 노인(59)은 그 산에서 벌어
졌던 지난 세월의 학살과 빼앗김과 배고픔을 바로 어제의 일
처럼 생생하게 회상하고 나서 "그래도 저 징그러운 산이 우
리를 먹여준다. 우리는 이 산골에서 오직 지리산에 의지해
서, 산만 쳐다보고 살고 있다"고 말했다. 10월의 화개장터에
는 하동에서 강을 거슬러온 광우리 생선장수 몇 명이 저무는
햇볕을 따라서 좌판을 옮기고 있었고, 인근 소도시에서 가져
온 플라스틱 바가지나 스카프 또는 나이키의 모델을 흉내내
서 만든 모제품 운동화를 팔고 있었는데, 한생애 전체로 글
썽이고 있는 듯한 좌판상인들 앞에서 '부산으로 모이자'는
대통령 출마자의 홍보전단이 가을바람에 날리고 있었다. '글

썽임'은 화개 섬진강가에서 씌어지는 김필곤 시의 중요한 부분이다. 그가 '글썽임'을 통해서 얻어내는 것은 시적 단순성과 자연에 대한 친화이다.

화개의 계곡은 가을물 돌돌거리는 화개천 계곡을 따라서 죽로차의 차나무들이 숲의 밑바닥에 깔려 있다. 그가 화개의 죽로차를 노래한 「지리산 죽로차」는 한방울의 영롱한 '글썽임'이다.

　　너를 달이면은
　　쌍계사의 학이 울고

　　천년 전 솔바람도
　　어느새 와서 불고

　　화갯골 흰 구름 같은
　　고운 생각도 피어난다

　　댓잎 이슬 받고 자란
　　지리산 그 죽로차

　　눈 속에 번져가는

담록색 먼 향기 따라

꽃사슴 지순(至順)한 꿈도
영을 넘고 있구나!
(김필곤, 「지리산 죽로차」 전문)

임실의 섬진강가에 살고 있는 젊은 시인 김용택(金龍澤)의 시 속에서 섬진강은 역사와 현실의 중앙부를 관통하는 강으로 흘러가고 있다. 그 강은 삶의 종합적 국면을 모두 끌어안고 흐르는 강이다. 거칠게 말해서, 화개 섬진강가에서 씌어지는 김필곤의 시가 자연과의 친화력을 보여주고 있다면, 임실의 섬진강가에서 씌어지는 김용택의 시는 먹고, 살고, 일하고, 분노하고, 꿈꾸는 현실과의 친화력 위에 세워지고 있다. 그의 언어들은 농촌 현실의 심층부로부터 나온다.

어머니, 우리들의 땅이신 어머니. 오늘도 강을 건너 비탈진 산길 거름을 져다 부리고 빈 지게로 집에 오기가 아까워 묵은 고춧대 한 짐 짊어지시고 해 저문 강길을 홀로 어둑어둑 돌아오시는 어머니, 마른 풀잎보다 더 가볍게 흔들리시며 징검다리에서 봄바람 타시는 어머니. 아, 불보다 더 뜨겁게, 불붙을 살도 피도 땀도 없이 식지 않는 발바닥으로 뜨겁게

뜨겁게 바람 타시는 어머니. 어느 물, 이 나라 어느 강물인들
어머님의 타는 발바닥을 식히겠습니까 어머니, 우리들의 땅
이신 어머님.

(김용택, 「섬진강 9」 중에서, 『섬진강』, 창비)

을숙도에서

낙동강 하구둑이 완성되었다. 거대한 강의 어귀가 콘크리트 벽으로 막히고 을숙도의 허리를 가로지르며 둑방길이 지나간다. 이 하구둑의 완공으로 연간 6억4천8백만 톤의 용수가 확보되었고 김해평야는 바닷물의 소금기에서 벗어나 매년 쌀 2만여 톤이 증산될 것이라고 당국자는 말했다. 섬의 가장자리가 물에 잠기고 울면서 불도저의 삽날에 매달리던 섬 사람들(이주보상대상자 4천5백여 명, 을숙도·일웅도 및 강변매립지 주민 포함)은 하단동 강기슭에 천막을 치고 살더니 날이 추워지자 어디론지 뿔뿔이 흩어져 떠났다.

여름 새들이 떼를 지어 떠나간 을숙도에 겨울의 새들이 돌아오고 있다.

난생(卵生)하는 것들의 자유는 낳는 자와 낳음을 받는 자 사이의 괴롭고도 무거운 관계를 세우지 않는다. 그것들은 단지 무리지어 퍼덕거리면서 세계의 가장자리에서 가장자리로 옮겨다닌다.

청둥오리 쇠오리 고니들이 돌아오고 그 섬을 여인숙으로 삼아 며칠을 쉬었다 가는 통과조(도요새)들도 지금 그 섬에 당도해 있다.

새들의 비행편대는 일렬 종대로 하구둑을 넘어 날아오다가 하얗게 뒤집히면서 방향을 바꾸어 갈대 숲으로 내려와 앉는다. 새들의 일렬 종대는 땅이 가까워지면 갑자기 편대비행의 질서를 버리고 낙엽처럼 흩어져서 떨어져 내린다.

난생(卵生)하는 것들의 자유는 낳는 자와 낳음을 받는 자 사이의 괴롭고도 무거운 관계를 세우지 않는다. 그것들은 단지 무리지어 퍼덕거리면서 세계의 가장자리에서 가장자리로 옮겨다닌다.

바람 부는 썰물의 모래밭이 그것들의 숙영지다. 저녁의 새들은 저들의 종족별로 구역을 나누어 모래밭을 가득 메우고 들어서 있다. 늦어서 잠자리로 돌아온 새들도 제 종족의 구역으로 내려가 앉는다.

새들의 신체부위 중에서 가장 더러운 곳은 먹이를 찾아 뻘밭을 쑤셔대는 저들의 주둥이다. 잠들기 전에 새들은 그 더러운 주둥이를 깃에 비벼 닦는다.

바람 속에서 서서 잠드는 새의 무리들은 서로가 서로에게 완전히 무관한 채로, 말뚝처럼 미동도 하지 않는다. 그러나 새들의 나라에도 유언비어가 있는 것인지, 단 한 마리의 불안스런 날갯소리에 새의 무리들은 일제히 잠에서 깨어나 하늘을 뒤덮으며 날아오른다.

섬의 가장자리가 물에 잠기면 떠나가버린 여름의 새들은, 낙원을 헐어서 낙원을 만드는 그 섬의 낯선 낙원에 다시는 돌아오지 않을지도 모른다. 새들은 멸망한 나라의 유민들처럼 떼지어 끼룩끼룩 울면서 낯선 나라의 황량한 하구들을 차례로 헤매다가 페루나 코스타리카로 가서 죽게 되는 것인가. 아니면 감태준(甘泰俊)의 시에 나오는 새들처럼, 서울의 종로나 을지로 또는 매연 자욱한 남산1호터널 속으로 날아와 비닐끈 토막을 물어다가 집을 짓고, 포장마차의 쓰레기통을 뒤지는 가엾은 새가 되는 것인가.

그 새들에게 '을숙도'는 다시는 회복할 수 없는 낙원, 그러나 그들의 피곤한 가슴속에서 잊어버릴 수도 없는 낙원이다.

감태준의 새들은 그 아픔의 자리에서 살다가 죽는다. 감태준의 시 속에서 을숙도 바닷가를 떠난 새들은 새벽기차를 타고 추운 서울역에 내린다.

바다를 나온 갈매기는
새벽기차에서 내린 잡새들 틈에 끼어
언 얼굴을 내밀었다 표정 없는 새들과
새들의 어지러운 발자국을 보고

감쪽같이 자취를 감추었다. 서울역 뒤편으로

아니면 너와 나의
따뜻한 추억 속으로……

(감태준, 「떠돌이새 1」 전문, 『마음이 불어가는 쪽』, 현대문학사)

감태준이 「새」로써 말하려는 것은 결국 삭막한 도시 공간 속을 살아가는 인간의 모습이다. 서울로 올라온 그 새의 일가는 어머니 아버지 형 동생 나, 네 식구인데 "베니어판 밥상을 적시는 전등불에 하나씩/그림자를 흘리며/남비국수를 기다"(「떠돌이새 2」)리고 앉아 있거나, 무허가 집의 새들은 "철거반이 내젓는 팔에 밀려 떠나고,/(……)/리어카에 봇짐을 싣고 봇짐 위에 새끼새를 태우고"(「떠돌이새 7」) 떠났다. 감태준의 새가 서울에서의 떠돌이의 삶을 마치고 죽을 때의 모습은 다음과 같다.

어머니를 따라 관 속으로 들어간 새는
어머니 옆에 누워
가슴에 두 날개를 포개얹었다

(……)

달이 되거라 별이 되거라
관뚜껑을 못질하는 소리가
남은 피붙이의 가슴에
쇠망치로 정을 박고 있을 때
─달이 되거라 별이 되거라

창 밖에서 초조히
비를 뿌리며 서성거리던 구름 하나도
홀가분한 마음으로 비를 걷고
제 집으로 돌아갔다
(감태준, 「떠돌이새 6」 중에서)

　을숙도로 가는 통통배는 부산시 사하구 장림동의 낙동강
변 선착장에서 떠난다. 시멘트 공장, 레미콘 공장의 거대한
창고들이 강변을 막아 서 있고, 빈 디젤통을 일렬로 엮어서
만든 선착장 밑으로 걸죽한 바닷물은 새카맣게 썩어서, 검은
기름을 부은 듯, 썩음의 빛남으로 반짝거린다. 공사장의 흙
먼지가 해풍에 실려 온 강가를 뒤덮고, 남루한 사내들이 그
검은 바다 속에 정치망을 깔고, 강을 따라 오르내리는 장어
를 건져내고 있다. 떠나가버린 새들의 대열에서 낙오된 외톨
이 여름새는 정치망 말뚝 위에 올라앉아서 대가리를 죽지 속

에 파묻고 있다. 외톨이 여름새들은 이교도와도 같은 저 겨울새의 무리들 속에서 이 추운 겨울을 살아낼 것인지, 아니면 떠나가버린 제 종족을 따라서 혼자서 원양을 건너야 할 것인지 이도저도 못 하고 단지 대가리를 틀어박고 있다.

무리에서 떨어진 그 새들은 주눅이 들어서 그런지, 먹이 많은 을숙도 쪽으로 가지 못하고, 이 더러운 강가의 정치망 주변을 맴돈다. 추위를 몹시 타는 그 여름새들은 햇살을 따라서 정치망 말뚝을 옮겨다닌다. 그 낙오된 새들은 그물 안으로 들어온 장어를 후리기 위해 그물을 쪼다가 어부들의 고함소리에 질겁을 해서 날아오른다. 부산시인 양왕용(梁汪容)은 그 검은 바다 밑의 진흙으로부터 장어를 건져내는 사내들의 분노와 투지를 노래한다.

진흙 깊숙이 잠자는
어둠 찍어낸다
자꾸만 높아오는 강바닥
창날에게 무수히 난자당하고
한 번의 몸놀림마다
불꽃
하늘로 오른다.
(……)

창 끝에서 파닥이는 무량의 어둠

당장 그을림 당하는

그 어둠 향하여

건너편 바다

상어의 이빨로 돌진하여 와도

불꽃은

꿈틀거리는 그 어둠으로

투신한다.

(양왕용, 「을숙도 장어잡이」 중에서, 『여름밤의 꿈』, 열음사)

　부산의 젊은 시인 최영철은 한 산문시에서 이 하구둑 부근 장림동 일대의 강변 풍경을 "온갖 쓰레기와 똥물에 묻혀 숨이 막힌 채 살려달라고 아우성치는 섬은 거대한 하구둑이 찍어누르듯이 강물 속으로 밀어넣고 있었다. 강 이쪽에는 섬에서 쫓겨난 원주민과 죽지 찢어진 새들과 썩어서 살점을 뚝뚝 흘리는 물고기들이 아우성치고 있었다.

　대대로 배를 띄워 일용할 양식을 구하였던 그을린 얼굴의 사내들이 상심하여 하구둑 쪽으로 망연히 서 있는 포구, 무심한 아이들 몇은 일감도 없는 낚시대를 던져놓고 저희들끼리 깔깔대고 있다"라고 적었다. 소음과 환경변화에 민감한 을숙도의 새들은 하구둑 공사중에 이미 인근 저수지로 옮겨

가기 시작했다. 그 저수지들이 새들의 항구적인 터전이 될 수 있을런지는 아직은 알 수 없다.

새들은 아마도 흩어져버리게 될 것이다. 그 마지막 가을에 을숙도의 새들은 무슨 생각을 하고 있는 것일까. 새보다 앞서 을숙도를 떠난 사람들은 어디서 이 겨울을 지내게 될 것인가. 식량증산과 용수확보를 보장하는 거대한 하구언 둑방은 낙동강 위로 육중하게 솟아올랐고 그 둑방길 위로는 육지와 바다와 섬을 관통하는 새 도로에 자동차들이 달린다. 젊은 시인 최영철이 돌아오지 않는 새들을 조상(弔喪)한다.

새들은 더 이상 날지 않을 것이다
섬에서 불어오는 갈대바람과
어머니 살속 같은 모래벌에 유년을 부비며 커온
이곳 장림동(長林洞)의 아이들까지도
까마득히 잊게 될 것이다
태초에 새들이 살았고
새들 따라 정처 없이 떠나온 사람들
언제부턴가 땅을 일구며 살아왔다는 것도
끝내는 잊게 될 것이다
어제의 새들이 어디론가 떠나가
오늘은 돌아오지 않는 것처럼 (최영철, 「을숙도 근처」 전문)

김제 만경평야에서

가을의 김제 만경(萬頃)평야는 수그러진 벼의 지순한 어깨들로 가득하다. 한 포기의 벼야 말할 수 없이 가녀린 풀일 테지만 벼들은 저들의 어깨와 어깨를 비벼 출렁임의 대열을 이루며 마을을 지나고 강을 건너서 아득한 지평선을 넘어간다. 지금 그 넓은 들은 부드러운 것의 강력함으로 출렁거리고 있다.

기댈 만한 산이나 언덕이 없는 집들은 서로를 의지해가면서 벌판의 여기저기서 섬 같은 마을을 이루었다. 노령산맥의 서슬푸른 산등성이는 벌판의 동쪽 끝을 가로막으면서 남으로 치달아 내려가고 만경강과 동진강은 벌판의 구석구석까지 실핏줄 같은 수로를 대어주면서 유순한 흐름새로 서해에 닿는다. 이 마한의 옛 들에 백제는 한민족 최초의 거대한 저수지 벽골제(벽골은 벼골의 이두식 표기이고, 벼골은 벼의 본고장이라는 뜻이다)를 축조하였고, 백제의 옛 둑방은 오랜 세월을 허물어지고도 아직도 3킬로미터가 넘는 위용으로 이 들을 가로지르고 있으니, 이 고장 사람들의 정다운 언어로는 '징게맹경 외밲이들'로 불리는 이 들은 한국 수리 도작 2천 년의 고난과 자존심에 가득 찬 들이고, 정읍사와 동학농민전쟁이 비롯된 사랑과 혁명의 들이다. 그 들에서 벌어진 사랑과 혁명은, 부드러움으로써 천하대본(天下大本)의 힘을 이루는 벼의 사랑이고 벼의 분노이다.

이성부(李盛夫)의 뜨거운 시들은 '백제'와 '벼'의 뿌리에 닿아 있다. 사랑과 노여움 중에서 어느 편을 노래해야 할 것인가에 관한 그의 정직한 갈등이, 아마도, 그의 시를 뜨겁게 달아오르게 하는 것 같다. 그는 이 들판에서 마침내 그 두 가지를 함께 노래한다.

벼는 서로 어우러져
기대고 산다.
햇살 따가워질수록
깊이 익어 스스로를 아끼고
이웃들에게 저를 맡긴다.

서로가 서로의 몸을 묶어

더 튼튼해진 백성들을 보아라.

죄도 없이 죄지어서 더욱 불타는

마음들을 보아라. 벼가 춤출 때,

벼는 소리없이 떠나간다

(……)

벼가 떠나가며 바치는

이 넓디 넓은 사랑,

쓰러지고 쓰러지고 다시 일어서서 드리는

이 피묻은 그리움,

이 넉넉한 힘…….

(이성부, 「벼」 중에서, 『우리들의 양식』, 민음사)

　지금 그 들에서는 조생종 벼가 거두어지고 있다. 머리를 뚫는 폭양 아래서 농약을 뿌리던 기나긴 여름날의 고난과 홍수에 잠긴 논의 물을 빼느라고 밤새도록 온 들녘에 탈탈거리던 양수기 모터 소리도 이제는 잠들었다. 사람 사는 일의 수고로움과 땀과 눈물이 푸른색과 누런색의 장엄한 조화 속으로 익어가고 있었다. 조생종 벼들은 이미 베어져 누런 나락으로 쌓여 있고, 추석 지나서 베는 만생종 벼들은 그 푸르름에 누런 색이 배어들고 있다.

추곡수매가격 인상률이 7퍼센트인지 15퍼센트인지 또는 그 이상인지, 정부의 생각이 다르고 여당의 하는 말이 달라서 아직은 얼마를 받을는지 알 수 없는 나락을 털면서 농부는 외상 비료값과 물세와 영농자금을 갚을 걱정이 태산 같지만, 김제나 부안 같은 이 들녘의 대처에서는 수매자금 방출 후의 반짝경기를 노려서 가전제품상회나 옷가게에는 물건이 쌓여가고, 술집들도 한몫 쥘 준비를 하고 있다. 이 들녘의 농부 김남규(金南圭 · 64)씨의 논은 옛 백제의 저수지 둑방인 벽골제 앞으로 펼쳐진 3천여 평이다. 동네 부녀자 다섯 명과 함께 품앗이로 추수일을 하던 그는 아내가 날라온 새참을 먹고 있었다. "우리를 취재해서 무얼 하려는지 알 수 없지만 막걸리나 한잔 하고 가라"고 그는 마치 오래 사귄 이웃을 대하듯이 말했다.

어느 선조 때부터 이 논을 갈며 살아왔는지 그는 기억조차 못했다. 그는 논 한가운데 서 있는 옛 백제의 돌수문(사적 111호)을 가리키면서 "아마도 저 수문이 세워진 때부터 이 논을 갈며 살아왔을 것"이라고 말했다.

아들딸 7남매가 모두 도회지에 나가 건설회사나 알루미늄새시공장에 취직해 있다고 한다. 추석이면 모두들 돌아오는

데, 서울의 귀성열차표 예매소 앞에 장사진을 친 광경을 TV에서 보았다면서 "그놈들이 차표는 구했는지 모르겠다"고 말했다. 마을에 빈집이 늘어나고 이웃들이 도시로 떠나갈 때마다 살아온 세월에 큰 구멍이 뚫리는 것 같은 허전함에 잠을 설친다고 그는 말했다.

아들들이 서울로 올라오라고 조르고 있지만, 농사꾼으로 태어나서 사지육신이 멀쩡해가지고 아들한테 얹혀사는 것은 사람 할 짓이 아니라고 도리어 나무래주고 이 힘든 농사일을 하며 땅에 엎드려 살아가고 있다. 젊은이들은 너도나도 떠나가고, 늙은 몸에 아무래도 근력이 달려서 삯기계를 들이대지 않으면 농사도 짓기 어렵게 되었는데 콤바인 한 대를 사자니 8백만원의 목돈을 장만하기 힘들고 삯기계를 대자니 하루에 6만원의 기계품값에 억장이 무너진다고 한다. "농사도 풍물도 신명이 나야 하는 것인데 말이여……" 그는 혼잣소리로 중얼거렸다. "나락 말릴 때 비가 오면 농부의 속은 폭폭 썩는 것이여. 요 며칠 동안만이라도 TV의 김동완이가 정말로 날씨를 잘 맞춰줘야 해"라고 그는 말했다. 그 들판의 사람들은 그 들판의 흙과 그 들판의 벼를 닮아 있다.

그들의 마음의 오랜 바탕은, 고난을 한없이 수용해가면서 그 고난을 일상화시켜버리는 삭임의 힘이다. 그들의 농업은 단순한 농산물 생산업이 아니다. 그들의 농업은 땅에 얽히는 인간의 숙명이고, 삶의 전체이다.

튼튼한 농업정서를 문학으로써 재건하려는 노력으로 많은 좋은 시들이 씌어지고 있다. 이 들녘의 젊은 시인들은 김제 만경평야의 농업정서—그 고난과 한과 억눌림과 삭임의 삶을 시로써 기록해나가고 있다. 그러나 그 젊은 시인들의 가장 큰 고민은, 고난의 삭임이 아무리 아름답고 위대한 것이라 할지라도, 고난 없는 미래, 억눌림 없는 미래, 농업에의 희원을 문학으로써 구축해내는 일인 것으로 보인다. 그러한 조바심이 그 젊은 시인들의 시를 때때로 격렬한 것으로 만든다.

처자식 거느리고, 그리운 강

돌아와 보는

우리의 얼굴.

하루 해가 이렇게 깊고

들은 넓구나.

(……)

형제들아.

형제들아.

다친 마음들 껴안고

저무는 김제 평야.

흘려 보낼 것들을

끝까지 흘려 보내다가

보는, 설움 혹은

뼈 저린 사랑.

(최동현, 「김제 평야」 전문, 『남민시(南民詩) 2』, 청하)

　　새로 등단한 농민시인 고재종(高在鍾)은 한국 농촌의 한
촌부가 지난 여름에 치러낸 고난의 내용이 어떤 것인지를 시
로써 보여주고 있다. 그것은 과장도 수사도 아닌 한국 농촌
의 일상의 삶의 모습일 것이다.

살 찔 틈 없이 살 마를 틈도 없이

닭장 밑에서 지샌 듯 새벽같이 일어나

솔가지 꺾어 밥 짓고 마당 쓸고

조반 차리기 전 빨래하고 텃밭 매고

(……)

소밥 주고 쇠똥 치우고 돼지 닭 모이 주고

사랑방의 중풍 든 노인네 똥요강도 치우고

이윽고 오밤중 밥 먹고 샘가에 나앉으면

에라 오살헐 놈은 중동 떠난 남정네

여자 속 밴댕이 속이라 해도 좋으니

그래도 그리운 것은 이역만리 서방님네.

(고재종, 「보성댁의 여름」 전문, 『바람 부는 솔숲에 사랑은 머물고』, 실천문학사)

이 들녘을 바라보는 젊은 시인 박남준의 시선에는 때때로 지극한 분노가 묻어 있다. 박남준의 분노는 농업이 인간에게 요구하는 인종과 거기에 순응하는 인간의 삶을 아름다운 것으로 파악하면서도 그 한없는 삭임과 순응의 삶을 뛰어넘어야 한다는 것을 느끼는 젊은 시인이 미래를 바라보는 분노이다.

어쩌리, 들판에 서면 떠나지 못하네

작은 가슴 미어지게 들판이 비어가면

설움 깊어져서 못내 돌아보고

떠나지 못하는 무엇이 있었을까

기어이 뿌리치지 못하는

정든 것이 있었을까

노여움이었구나

똑바로 정을 다해 들판을 키웠는데

거름 내고 흙을 갈고 씨 뿌리고 김을 매며

땀 흘리던 저 일손들 들판을 채우던 저 알곡들

어느 것 하나 성하지 못하니

들꽃들 스스로의 허리 꺾고

흩어져서는 울고 있는지

눈물 감추며 더욱 아픈 마음들

부르면 달려오는 것일까

(박남준, 「들판에 서서」 중에서, 『세상의 길가에 나무가 되어』,
황토)

　그 들녘의 가장자리 언덕에는 그 들녘에서 나서 일하고 죽
은 사람들의 무덤들이 지금 추석성묘를 기다리고 있다. 정인
섭(鄭寅燮)은 그 눈물겨운 무덤들을 노래하고 있다.

우리가 그 손에

바칠 것을 받을 때까지

이곳에 죽도록 모여 살아서

마른 들녘으로 저 무덤들을 메고 다니니

뜨건 밥 피눈물은 끝내

나누어 먹겠네, 아픈

흩어지고 흩어지며 떼지어 내려가겠네

(정인섭, 「한국 무덤산」 전문, 『어둔 밤』, 청하)

여름 내내 논바닥에서 쩔쩔 끓던 물들은 이제 저들의 할 일을 다하고 가을벌판을 떠났다. 온 들판의 논빼미마다 휘감고 돌아가던 동진수계 4천여 킬로미터의 모세수로(毛細水路)의 물들은 간선수로에 모여 다시 동진강으로 흘러들어가고 있었다.

가을의 김제 만경평야는 수그러진 벼의 지순한 어깨들로 가득하다. 한 포기의 벼야 말할 수 없이 가녀린 풀일 테지만, 벼들은 저들의 어깨와 어깨로 비벼 초록의 대열을 지르며 마을을 지나고 강을 건너서 아득한 지평선을 넘어간다.

무등산에서

무등산 수박이 충장로 거리에 나오면 광주의 가을은 시작된다. 그 거대한 수박은 여름과일들이 모두 물러가는 9월 초부터 거리에 나온다. 여름의 가장 잔혹한 폭양 아래서만 영그는 그 수박은 무등산 산록 중에서도 폭양이 직각으로 내리꽂히는 원효계곡 등의 산비탈에서만 자란다. 무등산 수박의 단맛은 보통 수박의 설탕 같은 감미로움이 아니라 베이는 듯이 날카로운 서늘함의 단맛이다. 광주 사람들은, 폭양을 빨아들여 서늘함을 빚어내는 이 신비한 수박을 '푸랭이수박'이라고 부른다. 무등산 원효계곡의 산록에는 이 푸랭이수박의 재배를 가업으로 이어받은 12가구가 무등산 수박 생산조합을 이루고 있다. 금년 여름에는 비오는 날이 많아서 소출

이 크게 줄어들었다고 그 사람들은 말했다.

무등산은 그 산자락 사이에 대도시 광주를 품어서 크고 그윽하다.

용주계곡과 원효계곡을 남북으로 거느린 그 산의 꼭대기에서는 구례의 지리산, 승주의 조계산, 영암의 월출산, 화순의 모후산이 내려다보인다. 그 넉넉한 산은 광주의 삶과 꿈이 비비적거리는 자애로운 언덕이 되어왔다. 어느 때부터인가 우리나라 시인들은 '무등산'을 쉴 새 없이 형상화해왔다. 국토 위에 구체적으로 존재하는 산으로, 무등산처럼 많은 시를 거느릴 수는 없을 것이다. 그 시들은 '금남로' '충장로' '도청앞분수대' '망월동'을 노래한 시들과 더불어 80년대 문학의 한 도도한 흐름을 이루고 있다. 한때의 '무등산 시'들은 무등산을 시로써 형상화했다기보다는 물리적 힘에 밀려 무등산 속으로 들어간 형국이었다.

가을 무등산의 투명한 바람 속에서는 상징과 은유의 뒷전으로 숨어들었던 가엾은 말(言語)들의 수런거림이 들린다. 그러나 무등산 속으로 숨어들었던 말들은 거기에서 말로서의 위엄과 기력을 회복하여 다시 거리로 내려갔다. 말들은 새롭게 자리잡고 있다. 새롭게 자리잡는 무등의 언어들은 노여움과 그리움, 절망과 희망을 함께 끌어안고 있다. 어떤 시에서는 노여움이 강하게 나타나고, 어떤 시에서는 폭력 없는 미래에 대한 미칠 듯한 그리움이 강하게 나타나 있지만 무등의 시들은 대체로 그 두 가지가 뒤섞이면서 수많은 음영을 빚어내고 있다.

> 식은 자의 가슴에 불을 넣는다
> 아침에도 저녁에도 불을 넣는다
> 귀먹고 눈먼 자에게도 불을 넣는다
> 아아 무등산 고여도 넘치지 않는 바다
> 아아 무등산 죽음의 허리에서 눈뜨는 불씨
> 아아 무등산 끝끝내 끝까지 가득하던 산
>
> (김종, 「무등산(無等山)」 중에서)

이런 시들은 대체로 노여움의 감정에 의하여 인도되고 있지만 나해철(羅海哲)의 어떤 시들은 폭력 없는 미래에 대한 그리움에 의하여 씌어지고 있다.

> 거기에 가면 사람들을 만날 수 있지
> 허물어지지 않는 다짐이
> 가슴마다 큰 산으로 들어앉은 이들이
> 모여사는 그곳에 가면,
> 한 마음으로 밝고 옳은 것을 부르며

눈짓만으로도

어느 어깨든 껴안던

뜨거운 날들이

아직도 피 속에

무궁화꽃처럼 연이어 피어 흐르는

이제 단 하나 인간의 마을에 가면

(나해철, 「무등의 마을」 중에서, 『동해일기』, 청사)

    무등산 또는 광주의 시들은 통곡과 절규를 드러낼 뿐 아니라 그 통곡과 절규가 시인의 정신과 언어 속에 인각된 모습을 그려내고, 그 고난 위에서 폭력 없는 시대, 분단 극복의 미래를 확보해내려는 데까지 연장되고 있다.

    '망월동 묘지'는 '무등산' 다음으로 많이 씌어진 광주의 시다. 그 묘지의 정확한 명칭은 '망월동 시립묘지 제3묘원'이다. 무등산의 산세가 담양 쪽으로 잦아든 벌판에 그 묘지는 있다. 그 묘지에는 생년은 제가끔이지만, 몰년(沒年)은 1980년 5월 하순으로 기록되어 있는 많은 묘비들이 즐비하게 들어서 있다.

    1980년 5월 직후에 1백26기의 묘가 조성되었으나 그 후 20기 이상이 이장되어 갔다. 신원이 끝내 확인되지 않은 묘지는 묘비조차 없이 무명으로 누워 있다. 그 무명의 묘지에 누가 가져다 놓았는지 예수 그리스도의 작은 십자가가 놓여져 있고 그 앞에 비닐 소주잔과 빈 술병이 뒹굴고 있다. 지난 여름에는 연세대생 고(故) 이한열군이 이 묘원의 가운데 줄에 들어와 누웠다. 가을의 망월동 묘지에는 끝물의 백일홍이 지고 있었고, 인적이 끊어진 무덤의 벌판은 태적(太寂)하였다. 추석이면, 살아남은 늙은 사람들이 젊어서 죽은 사람들을 성묘하러 소주병을 들고 이 묘원에 온다.

이영진(李榮鎭)은 이 묘원에서 몇 편의 시를 썼다. 그는 그 목메이는 성묘의 풍경을 풍경으로써 그려낸다.

추석도 벌써 며칠이 지났는데

마른 풀밭에 사과와 배를 놓고
끝없이 솟구치는 뜨거운 눈물 대신
막소주 한 잔 부어놓고
아비는 말이 없다

(⋯⋯)

그날 이후 사람들은 목이 막혀 말이 없었다.
서로가 서로를 바라보면

말이 없었다.

아비와 무등산은 말이 없었다.

(이영진, 「성묘」 중에서, 『6·25와 참외씨』, 청사)

이시영(李時英)도 이 묘원의 무명의 묘지 옆에서 시를 썼
다. 그 시는 이 무덤의 의미가 역사 속에 사무쳐야 하며, 역
사의 올바른 전개에 의하여 이 무덤들이 위령되어야 한다는
것을 외치고 있다.

너를 여기 두고

화해의 시대를 외쳤구나

우리는

총창으로 그어진 팔을 높이 들어

술잔을 부딪치며

우리는 어느새 우리의 상처를 잊었구나

(……)

차가운 꽃 한 송이로 쓰러진 젊음이여

너를 여기에 둔 채 외치는 그 어떤 역사도

역사 아니다

김명수(金明秀)의 시 「탈상」은 그 위로하기 어려운 슬픔과

상처를 어루만진다. 함부로 제시되는 위안은 무력하다. 그런 위안이 무력한 것은 거기에 현실직시를 회피하려는 말의 허위가 개입하기 때문이다. 김명수의 「탈상」이 위안의 힘을 행사할 수 있는 근거는 후퇴할 수 있는 마지막에까지 후퇴한 지점에서 저 자신을 치유하는 생명의 자생력을 그려내는 그 시의 빼어난 서정성 때문이다.

> 인축(人畜)이 잠들고
> 모닥불이 사윈다
> 못다 탄 뼈 추스려
> 깊이 묻을 때
> 새벽별 한점 홀로
> 눈물 머금고
> 비로소 인가(人家)도 형체가 드러난다
>
> 동네 아낙 눈물로 지은 베옷을
> 찬물에 머리 감고 함께 벗으며
> 눈물을 그치거라!
> 목멘 형제들아
>
> (……)

가을걷이 기다리는
어린아이들이
혼곤히 한방에서 잠들고 있다.
(김명수, 「탈상」, 『하급반 교과서』, 창비)

충장로, 금남로, 남광주 역전은 광주 시인들의 오랜 추억
과 사랑의 거리다. 그 거리들이 얼마나 사람들의 마음속에
사무친 거리인가를 광주의 시들은 보여준다.

세월이 흐른다
사람들이 흐른다
하늘이 깊숙이 내려와
흘러가는 사람들의
가슴을 적시는 거리

(……)

세월이 흐른다
아이들이 태어난다
무심코 스치는 쓰레기통마저
사람으로 연인으로 보이는 거리

해와 달의 거리

(김준태, 「밤거리 상송」 중에서, 『나는 하느님을 보았다』, 한마당)

남광주역에는 화순, 남평, 극락강, 여수 방면에서 올라오는 완행열차가 닿는다. 여수에서 올라오는 어물들이 이 역전 광장에서 어물시장을 이룬다. 날이 저물면 시장 안 횟집에서 사내들은 살아 있는 세발낙지 대가리에 된장을 발라서 한 마리를 통째로 깨물어가면서 소주를 마신다. 여수로 가는 마지막 열차시간이 임박해지면 영세노점상인들은 벌써 차가워지기 시작한 밤바람 속에서 불안하게 서성거리면서 안 팔린 생선을 떨이로 내놓고 돌아가는 취객들을 붙잡는다. 광주의 시속에서 남광주 역전은 추억과 설움의 공간이다.

남광주의 아침은 아욱 냄새가 난다.
시장 바닥에 앉은 아이 업은 아낙의 풍경은
멀리서 바라보면 용서를 빌고 싶지만
가까이서 눈뜨고 보라 그것은 눈물이다
(……)
아낙들의 눈물이 남광주의 설움이다.
움직이지 않은 장면들이
진보되지 않은 사실들이

뙤약볕 아래서 종일 계속되고
물건 파는 사내의 악다귀만이
방금 도착한 여수발 열차에 실려 내려간다
(박주관, 「남광주」 중에서, 『남광주』, 청사)

목포에서

아름다운 것과 고통스러운 것이 서로 부둥켜 안으면서 목포의 삶과 목포의 노래를 이룬다. 인구 23만의 작은 도시로 그토록 많은 눈물의 노래가 불리기는 목포말고는 지구 상에 다시 없을 것이다. 목포 시내 레코드 가게에서 팔리고 있는 목포의 노래들을 대충 훑어보아도, 〈목포의 눈물〉(이난영), 〈목포는 항구다〉(이난영), 〈유달산아 말해다오〉(이미자), 〈목포블루스〉(이미자), 〈추억의 목포항〉(김연자), 〈목포의 연가〉(강승모), 〈목포항〉(조용필), 〈영산강 처녀〉(송춘희), 〈만개긴 목포항〉(고봉산), 〈비오는 목포항〉(비둘기자매), 〈삼학도 배따라기〉(정승원), 〈목포의 노래〉(정태춘), 〈목포의 달밤〉(이미자), 〈영산강 뱃노래〉(이미자), 〈말없는 목포항〉(양

희정) 들이다.

섬으로 가는 사람들은 어두워지는 여객부두에서 막배를 기다리고 있다. 임자도의 전장포나 도초도, 우이도의 섬 사람들은 김장용 젓새우가 많이 잡히는 늦가을에 그래도 목돈을 만져볼 수 있다. 섬사람들은 젓새우를 판 돈으로 목포에 건너와서 월동용품을 사가지고 섬으로 돌아간다. 섬사람들의 손에 들려 있는 월동용품은 바람막이 비닐 몇 조각, 어린이용 겨울 파카, 그리고 함석으로 만든 연통 몇 토막이다. 연락선의 운행계통에 따라서, 한 줄의 항로로 묶여 있는 여러 섬의 사람들은 같은 시간에 여객부두에서 모두 만난다.

오랜 세월을 같은 섬에서 살아서 새삼스런 인사의 호들갑이 필요없는 섬사람들은 남인 것처럼 무덤덤하게 만나지만, 서로의 손에 들려 있는 물건이 너나없이 비슷비슷하다는 것을 확인하고는 "자네, 둘째놈 파카 샀구만. 너무 크지 않을까. 얼마 주고 샀는가?"라고 말을 시작하는 것으로 보아 그들은 이웃사람의 손에 들려 있는 어린이용 파카만 보아도 그집 둘째놈의 체구를 떠올릴 수 있을 만큼, 함께 섞여서 살아가는 사람들이다.

섬으로 가는 연락선의 막배들이 떠나고 나면 목포부두에는 선원들의 밤이 시작된다. 가까운 바다로 출어하는 작은 고깃배들의 선원들은 밤늦도록 배에 카바이트 불을 밝히고,

비닐조각을 오려서 선실의 바람구멍을 틀어막고 있다.

작은 고깃배들과 먼 섬의 집들이 한 조각 비닐로 그들의 겨울을 가리고, 배들의 창문을 가린 비닐조각이 바람에 펄럭거리고 있다. 큰 어선들은 12월 초순이면 다시 동지나 바다까지 나가야 하는데 그 배들은 지금 대반동 바닷가의 조선소에 녹슨 몸뚱이를 맡기고 수리작업을 하고 있다. 콘크리트 암거 밑으로 썩어서 검은 바닷물이 출렁거리고, 야간작업에 나선 용접공들이 지난 여름의 태풍에서 깨어져 돌아온 배들을 내부수리하고 있다.

용접공들은 큰 철재앵커의 칼고리 부분을 향해서 푸른 산소의 불꽃을 쏘아대고 있었는데, 배가 수리되는 며칠 동안을 목포부두에서 빈둥거려야 하는 동지나행 선원들은 선창가 주막에서 봉두난발로 소주를 마시면서 닥쳐올 겨울바다를 걱정하거나 1노 3김으로 핏대를 올렸고, 경상도에서 흘러왔다는 어린 작부는 88대목에는 "눈을 까겠다"(쌍꺼풀 수술을 하겠다)고 벼르고 있었다. 목포의 항동부두에서 영산강 어귀를 건너 용당으로 가는 도선의 선착장 10여 평 대합실 뒷마루는 고단한 사람들의 엉덩이에 닳아서 반들반들 윤이 나고 있었다.

오래된 오줌의 냄새인지 토사물의 냄새인지 또는 바닷바람에 비벼지는 오래된 땀과 슬픔의 냄새인지, 용당행 도선장

대합실은 사람이 한 세상을 살아가는 일의 한없는 남루가 쾨 쾨한 냄새로 가득 차 있었다. 이 도선장으로부터 해안선을 따라 항동, 대반동, 째보선창의 부두가 펼쳐지고 90년 전 개항 무렵에 영국, 일본, 러시아 등 힘센 나라들의 공동조계(租界)가 들어섰던 그 거리에는 일본영사관의 빨간 벽돌건물(현 시립도서관. 많은 목포사람들이 이 건물이 러시아영사관 건물이었다고 말하고 있으나 목포개항장 연구로 지난 여름 박사학위를 받은 목포대 박물관장 배종무 교수의 고증에 따르면 이 건물은 일본영사관이고, 러시아는 공동조계지역 안에 영사관 건물을 지은 일이 없었다고 한다), 해난심판원의 석조건물, 옛 한국은행의 대리석 건물 등 침략자의 서구식 건축들과 수많은 일본식 목조 2층 다다미 가옥들이 들어서 있다. 일본인들은 이 항구를 "삼백 일흑(三白一黑)이 쏟아져 나오는 항구라고 자랑했다는 것인데 그 삼백은 저들이 호남벌판을 수탈해서 끌어모은 쌀, 목화, 소금이고 일흑은 목포, 신안의 연안과 섬에서 빼앗은 미역이었다. 그 빼앗긴 삼백일흑이 항동 또는 대반동 부두에서 기선에 가득가득 실려 일본으로 떠나갈 때, 목포 앞바다 고하도 면화공장 여직공 이난영은 〈목포의 눈물〉로 데뷔하였다.

목포시인 허형만(許炯萬)의 「대반동(大盤洞)」 연작시는 서러운 역사와 남루한 오늘의 삶 위에 미래의 사랑과 꿈을 세워야 하는 한 시인의 목메임이다.

바다는 끝내 흔들림을 멈추지 않는다.

흔들리고 흔들리는 목숨

대반동에 와보면 더욱 실감난다

저 멀리 용머리 고하도에서 새어나오는

가녀린 불빛 한 점까지도 흔들리는

우리네 삶을 확인하노라면

영산강이 얼마나 기인 슬픔 속에서 흔들리었는지

대반동 한 끝에서 알 수 있나니

이 밤도 우리네 눈물은

침략자의 혓바닥 정도로는 녹지 않는

짜디짠 한 톨 소금인 것을

(……)

살아 퍼덕이는 살점을 쪼아대는

시퍼런 칼날이여 멈추어라

우리네 사랑은 휘영청 밝은 저 보름달

쓰다듬고 어루만지고 애무하는 저리 밝은 보름달

흔들리고 흔들리는 가냘픈 목숨 하나로

이 한밤 대반동에 와 보면

그래도 바다는 끝내 흔들림을 멈추지 않는다.

(허형만, 「대반동(大盤洞) 1」 중에서, 『모기장을 걷는다』, 오상사)

목포선창가 주막에서 목포사내들이 부르는 〈목포는 항구다〉를 들어보면, 유행가치고는 별나게 단순서술형 종결어미로 끝나는 그 가사 안에 "남쪽 끝 항구인데 그것이 어떻단 말인가?"라는 노여움에 찬 반문이 섞여 있는 것 같기도 하고, 항구의 척박한 조건들 위에 삶을 세워나가야 한다는 그들의 집단적 자기확인의 목소리가 들어 있는 것 같기도 하다. 허형만은 '흔들림' '출렁임' '그리움' 같은 말로써 목포에서 살아가는 삶의 내용을 확인하고 있다.

우리네 노래는 그리움이다
남들은 호남선의 끝
목포의 눈물로 바다를 보지만
우리에게 바다는 소금기 같은 슬픔이다
(……)
무시로 날으는 갈매기도 사람소리만 같아서
저리 깊이 자지러드는 뱃고동 소리도
영락없는 사람소리만 같아서

철썩이는 파돗결에도 깜짝깜짝 놀라는
우리에겐 퍼어런 갯내음 같은 그리움뿐이다.
(허형만, 「대반동(大盤洞) 2」 중에서, 같은 책)

목포시인 최일환(崔日煥)의 시들은 목포의 지역성에 보다 집요하게 매달리고 있다. 유달산, 노적봉, 갓바위, 삼학도, 고하도 째보선창, 오거리 들은 그의 시의 중요한 테마이고 '남농선생' '차재석 선생' 같은 목포의 어른들께도 그는 단정한 시 몇 편을 바치고 있다. 그의 목포시편들은 도시정서나 농촌정서와는 뚜렷하게 구별되는, 남쪽의 한 작은 항구에서 살아가는 사람들의 마음을 드러내 보인다.

그의 「목포의 눈물」 연작들이 보여주고 있는 마음은 고향의 아늑함과 스산함, 고향의 사랑과 고향의 분노이다.

목포 사람들은 선창가에 나가

비린내나는 바람을

온몸으로 막으면서

생낙지가 도마 위에서

칼에 맞아도 꿈틀거림을 보면서

헐벗긴 삼학도 쪽으로

두 주먹 불끈불끈 쥐면서

소금기 짜디짠 눈물을

주르르 흘리면서

이난영의 서러운 목소리로

노래하면서 노래하면서—

(최일환, 「목포의 눈물 7」 전문, 『남쪽 끝 항구에서』, 청하)

    그러나 우리나라 시 속에서의 목포는 김지하의 고향으로 자리잡고 있다. 목포에 관한 김지하(金芝河)의 시가 많은 편은 아니다. 또 그 시들은 목포의 특정지역을 배경으로 하고 있는 경우에도 그 지역의 특수성에 매달리지 않고 그 특수성을 오히려 보편화시켜버리는 힘을 갖는다. 고향에 관한 김지하의 시들은 비교적 초기에 씌어진 시들이다. 「성자동」 「용당리」의 시에서 보여주는 고향은 빛과 부활을 향해서 무릎걸음으로 걸어가는 죽은 자의 고향이다.

    용당리에서의 나의 죽음은
    출렁이는 가래에 묻어올까, 묻어오는
    소금기 바람 속을
    돌 속에서 흐느적거리고 부두에서
    노동자가 한 사람 죽어 있다
    그러나 나의 죽음
    죽음은 어디에.

    (……)

그러나 용당리에서의 나의 죽음은
침묵의 손수건에 묻어올까
난파와 기나긴 노동의 부두에서 가마니 속에
노동자가 한 사람 죽어 있다

그런데
무슨 일일까
작은 손이 들리고
물 위에서 작고 흰 손이 자꾸만
나를 부르고.
(김지하, 「용당리에서」 중에서, 『황토』, 풀빛)

경주에서

『삼국유사』는 역사책이지만 문학으로 읽어낼 수도 있다. 그 책에 기록된 신라사람들의 마음속에서는, 인간은 신이나 자연 또는 계율이나 사회적 제도보다 저열한 존재가 아니라, 그것들과 맞먹거나 때로는 우월한 존재였다. 신라사람들은 그것들의 심술에 인간의 이름으로 항변했고, 그것들을 밀어낸 자리에 인간다운 자유의 영역을 확보하고 있었다. 일연 (一然)은 높은 덕성을 갖춘 고려의 승려였지만, 중생의 마음속에 들끓는 슬픔이나 기쁨, 그리움, 미움, 연민, 갈망 들을 불교적 초월의 힘으로 깔아뭉개지 않았다. 『삼국유사』를 쓸 때의 일연의 마음은, 역사는 전쟁사·제도사·왕조사를 기록할 뿐만 아니라, 그 시대를 살았던 사람들의 마음의 내용과 그 빛깔들을 기록해야 한다고 믿고 있었을 것이다.

일연은 저 자신의 마음의 힘에 의하여 신라마음의 원형들을 끌어모을 수 있었다. 그가 그려낸 신라유부녀 '수로부인(水路夫人)'은 관능에 대한 신라사람들의 상상력의 한 정점이다. 그 관능은 우주 공간에 미만해 있는 한 성숙한 여자의 살냄새로 나타난다. 그 여자가 논둑길을 거닐 때 온갖 귀신들의 수컷들도 그 냄새에 발정했고 "부인의 옷에서 나는 이상한 향기는 이 세상의 것이 아니었다". 일연의 이 기사(記事)는 인간의 마음속을 배회하는 꿈이나 갈망들이 불교의 계율에 의하여 교화되거나 제한되기 이전에 사람들의 마음을 사로잡았던 시원적(始原的) 상상력을 보여주고 있다. 대체로 유사에 따르면 신라의 불교는 인간성 속에 내재하는 욕망과 동경들을 순치하되 그것들 일체를 계율의 이름으로 부정하지는 않았던 것 같다.

경주 남산(南山)의 바위에 새겨진 59기(基) 신라 돌부처들은 인간성의 아름다움을 취해서 불성으로 삼고 있다. 인간 육체의 가장 온화하고 건강한 선과 면 위에 불성을 새기고 있는 그 돌부처들은 중생이 곧 부처인 바로 그 부처들이다. 그 부처들은 인간에 대해 지배 복종의 절대우위를 행사하는 심술궂은 신성(神性)의 모습은 아니었다. 그 돌부처들은 마음의 나라를 완성한, 용감하고도 순결한 인간의 모습으로 산

봉우리마다 올라앉아서 사람들의 지지고 볶는 수고로움에 가득 찬 들판과 연기 오르는 마을들을 내려다보고 있다.

가을 저녁의 경주 남산은 골짜기들에 푸른 이내가 서려 봉우리들은 섬처럼 운무 위에 뜬다.

온 산의 낙엽들이 막무가내로 무너져내리고 가을바람이 갈 길을 보채며 돌부처의 엷은 옷자락을 흔드는데 저녁 해가 부처의 오른뺨을 붉게 불들이며 넘어가자 부처의 왼뺨으로 달이 떠오른다. 지나가버린 수만 번의 가을과 닥쳐올 수만 번의 가을 사이에 낀 단 한 번의 그 덧없는 가을날, 돌부처들은 반쯤 감은 눈으로 벌판을 내려다보는데, 멸망해버린 왕국의 반월성(半月城)은 이제는 주춧돌뿐이다. 모든 제국과 모든 견고한 것들이 바람 앞에 무너져내리고, 덧없음을 확인한 자의 미소가 오히려 영원의 해와 달에 젖을 때, 견고한 것과 덧없는 것 중에서 진실로 어느 편이 헛된 것인지를 그 가을 산 돌부처들은 실눈의 눈웃음으로 말할 듯하지만 끝끝내 말하지 않는다.

경주의 향토시인 김기문(金基汶)은 신라시대의 경주를 노래로써 복원해내고 있다.

김기문의 시는 「진성여왕(眞聖女王)」에서처럼, 신라 여인의 넘실대는 관능을 복원해내기도 하지만, 그의 시 「남산(南山)」은 목월(木月)풍의 압축된 언어로 경주 남산을 한 적멸의 세계로 그려내고 있다.

산울림
꽃 구름
고요 속
떠는 잎

빈 세월
도는 해
목 잘린
돌부처

(김기문, 「남산(南山)」 전문)

경주 남산의 돌부처들은 음각 또는 양각된 마애불을 제외하고는 대부분 목이 잘려 있다. 잘리어 나간 부처의 머리들이 산의 계곡이나 개울가에 뒹굴던 것을 경주박물관이 수습해서 전시하고 있는데 머리를 영영 찾지 못한 부처들도 허다하다.

참수된 돌부처들은 정토로 가는 길의 험난함을 보여주는 순교자들처럼 오솔길이 꺾이는 길목마다 갑자기 불쑥불쑥 나타나 사람들을 진저리치게 만드는데, 목이 잘린 단면으로 끝없이 피를 쏟고 있을 그 머리 없는 돌부처들의 손바닥과 발바닥은 그지없이 편안하고 고요하다. 부처들은 이 환난 많은 세상을 위해 그들의 목을 잘라 바치고 다시 한번 열반에 든 듯, 그토록 편안한 발바닥을 이 세상을 향해 내밀어 보이며 앉아 있다.

신라의 경주는 전북 고창 질마재와 함께 미당 서정주(徐廷柱)의 정신의 양대 거점이라고 할 수 있다. 미당 자신의 진술에 따르면 중공군 40만이 한만국경을 넘어 쳐들어오던 1·4 후퇴 때 미당은 시대를 완전히 절망해버리고 죽으러 가는 최후의 시적 사치로서 고향인 질마재에 가서 죽기로 작정했다.

미당은 고향으로 가는 길목인 전주에 이르러 오직 죽기 위하여 치사량의 수십 배가 넘는 독약으로 음독했으나 한 후배 시인의 발견으로 소생되었다. 살아난 미당은 그때부터 『삼국유사』에 기록된 신라정신의 힘과 아름다움에 기대어서 자신의 시의 세계를 죽음으로부터 부활시킬 수 있었다. 미당은 그로부터 신라와 경주, 그리고 『삼국유사』에 기록된 이야기들을 소재로 수없이 많은 시들을 썼다.

신라에 관한 미당의 시들은 역사 속에서 영원한 인간의 생명의 떨림을 그의 도저한 탐미주의로 그려내고 있는데 그 바탕에는 그의 이존책(以存策)의 철학이 깔려 있다. 문학평론가 김우창 교수는 미당 시정신의 한 측면을 "구부러짐의 형이상학"이라고 말하고 있는데 역사와 현실 앞에서 한국의 소나무처럼 구부러져가면서, 또는 구부러질지라도 끝까지 살아내야 한다는 그의 구부러짐의 이존책은 그가 최근 '일간스포츠'에 발표하고 있는 자전적 이야기시 「팔할(八割)의 바람」에서 자신의 대일부역행위를 '종천순일파(從天順日派)'라고 말했던 사건과도 무관하지 않을 것이다. 신라와 경주 또는 『삼국유사』에 관한 미당의 시가 읽는 사람들을 사로잡는 것은 영원한 것을 향해 도도히 흘러가는 생명의 출렁거리는 힘이다.

   그리움으로 여기 섰노라
   조수(潮水)와 같은 그리움으로,

   이 싸늘한 돌과 돌 새이
   얼크러지는 칙넌출 밑에
   푸른 숨결은 내 것이로다.

   세월이 아조 나를 못쓰는 티끌로서
   허공에, 허공에, 돌리기까지는
   부푸러오르는 가슴속에 파도(波濤)와
   이 사랑은 내것이로다.

(……)

오— 생겨 났으면, 생겨 났으면,
나보단도 더 나를 사랑하는 이

천년(千年)을, 천년(千年)을, 사랑하는 이
새로 해ㅅ볕에 생겨났으면

(……)

허나 나는 여기 섰노라.
앉어 게시는 석가(釋迦)의 곁에
허리에 쬐ㄲ만 향낭(香囊)을 차고

이 싸늘한 바위ㅅ속에서
날이 날마닥 드리쉬고 내쉬이는
푸른 숨ㅅ결은
아, 아직도 내것이로다.
(서정주, 「석굴암 관세음의 노래」 중에서, 『미당 시전집 1』, 민
음사)

경주 남산의 돌부처들은 화강암의 견고함 위에 그 부드러운 선들을 흘려보내고 있다. 음각된 마애불의 곡선들은 돌에 판 것이 아니라 도화지에 연필로 그린 것 같은 착각을 줄 정도로 재료가 주는 속박을 뛰어넘고 있다. 그 석공들은 부처의 어깨에서 흘러내리는 몇 줄의 단순한 선으로 부처의 비치는 속살의 육질을 표현해내고 있다. 그 부처들은 살의 냄새를 간직한 인간의 모습이다. 국립박물관의 강우방(姜友邦) 미술부장은 화강암의 완강함에 불성의 부드러움이 깃드는 신라마음의 비밀에 대해서 "바위는 불완전한 인간 존재에 비할 때, 초월적이고 절대적인 존재양식이다. 거기에 추상을 새긴다는 것은 가장 야심에 찬 종교, 예술행위다. 한국인의 종교적 정열이 이처럼 한 곳에 집중된 곳은 경주 남산 말고는 없다"고 말하고 있다.

　　유치환(柳致環)의 「석굴함 대불(石窟庵 大佛)」은 그 돌의 절규다. 그 돌은 이 세상과 허망함에 홀로 맞서 있는 돌이다.

　　　목놓아 터뜨리고 싶은 통곡을 견디고
　　　내 여기 한 개 돌로 눈감고 앉았나니
　　　천년을 차가운 살결 아래 더욱
　　　아련한 핏줄, 흐르는 숨결을 보라.

(······)

먼 솔바람

부풀으는 동해(東海) 연(蓮)잎

소요로운 까막까치의 우짖음과

뜻없이 지새는 흰 달도 이마에 느끼노니

뉘가 알랴

하마도 터지려는 통곡을 못내 견디고

내 여기 한 개 돌로

적적히 눈감고 가부좌(跏趺坐)하였느니.

(유치환, 「석굴암 대불」 중에서, 『행복은 이렇게 오더니라』, 동서
문화원)

제주에서

제주도 삶의 지배적인 조건은 바람이다. 계절풍의 통과길
목인 그 섬에서 동지나 바다로부터 올라오는 열대성 저기압
과 몽고대륙에서 내려오는 대륙성 고기압은 수억 년의 싸움
을 아직도 싸우고 있다. 해마다 그 섬을 강타하는 바람은 봄
의 샛바람(東風), 여름의 마파람(南風), 가을의 갈바람(西風),
겨울의 북풍이 제주바다의 4대 간선을 이루고 있지만 그 사
이사이에서 서바람(北西風), 서갈바람(西北風), 서마파람(南
西風), 동마파람(南東風), 높하늬바람(北東風), 동하늬바람
(北北東風) 들이 환절기마다 방향을 바꾸어가며 그 섬에 상
륙한다.

그 어느 바람도 산들바람이 아니다. 바람들은 먼 원양으로

부터 바다를 뒤집어 엎으면서 전면전의 기세로 쳐들어온다. 바람의 예봉들이 해안단애에 부딪쳐 깨어져나갈 때마다 15~20미터의 흰 물기둥이 육지로 넘어 들어오고, 뭍으로 올라온 바람은 풍향의 계통을 버리고 수많은 갈래로 흩어져서 한라산의 수많은 오름(봉우리)들과 산협을 휩쓸어 올라가거나 혹은 치달아 내려간다. 바람의 갈대들은 서로 부딪쳐 회오리치며 하늘로 치솟아오르며 나무를 뽑고 바위를 날린다. 그러므로 제주바람의 풍향과 풍속은 설명되지 않는다. 그 바람은 미친년이 널을 뛰는 봉두난발의 바람이고, 자연이 인간에게 가하는 이유 없는 폭력의 바람이다.

제주사람들의 오랜 마음속을 불어가는 또 하나의 모진 바람은 수평선을 넘어오는 몽고, 왜구, 또는 포악한 경래관(京來官)들이 몰고 오는 폭력에 가득 찬 역사의 바람이다.

제주도의 개벽신화와 수많은 설화들은 그 두 개의 폭력을 인간다운 언어로써 설명해내려는 오랜 노력에 의하여 빚어진 것이다. 설명되지 않는 폭력의 바람을 어루만져 잠재우려는 섬사람들의 슬프고도 집요한 꿈들이 모여 제주 무가(巫歌)를 이루는 것인데, 바람 부는 그 섬의 무가는 아직도 끝나지 않는다.

일주도로변 해안마을의 새집(억새풀을 엮어 지붕을 얹은 집)들은 지금 바다를 넘어오는 하늬바람 앞에 낮게 엎드려 있다. 새집들은 낮출 수 있는 키를 끝까지 낮추어 땅에 들러붙어 있다.

바람 부는 역사 속에서, 제주의 삶과 제주의 정서는 바람에 불려 흩어지는 것이 아니라, 끝끝내 땅에 들러붙는다. 여행자의 건달기와 너절한 심미주의만을 버릴 수 있다면, 매일 1천5백여 쌍의 신혼부부가 사진을 찍어대는 그 섬은 전혀 관광지가 아니다. 그 해안마을은 바람의 폭력 앞에 엎드린 자가, 엎드린 자로서의 싸움을 세워나가는 싸움터이다. 가을이 깊어지고 바람이 북쪽으로 방향을 틀면, 마을의 어린 해녀들은 차가운 바다로부터 철수한다. 나이들고 노련한 해녀들 몇 명만이 마른 해초로 불을 지펴 몸을 녹이면서 그 차갑고 어두운 바다 밑을 뒤진다.

산굼부리 벌판 억새바다의 억새풀과 항파두리 토성—삼별초 김통정(金通精)의 마지막 결전장—의 억새풀들도 하늬바람에 쏠리며 일제히 엎드리고 있다.

제주도의 가을 억새풀들은 죽은 귀신들의 흰 손목들처럼 알 수 없는 곳을 향해 손짓해 부르면서 마지막 씨앗이 바람에 불려갈 때까지, 흔들리면서 쓰러지면서 하얗게 바래져간다. 저 자신의 육신을 끝까지 풍화시킴으로써 번식하는 가을 억새의 흰 손목들은 인종과 저항, 죽음과 신생의 두 가지 국면을 종합하는 무가처럼 가을 제주들판 가득 흔들리고 있다.

제주도의 옛 구전노래는, 한라산의 모든 나무들이 노(櫓)로
부러져나갈 때까지 배를 저어 이어도로 가자고 절규하고 있
는데, 제주인들의 이어도는 폭력의 바람이 불지 않는 땅, 인
간의 목숨이 바람의 폭력 앞에 풍화되지 않는 어떤 섬이다.
제주도에서, 늙은 사람들은 바람이 잠든 날 죽는 죽음을 생
의 마지막 사치로 알고 있다.

　바람이 잠들고 바다가 잔잔한 날 죽는 사람의 영혼은 천당
에 가는 것으로 그 노인들은 믿고 있었는데, 경작지 한복판
이나 산비탈에 돌담을 쌓고 누운 제주사람들의 많은 무덤 위
로 바람은 끊임없이 불고 있었다.

　제주도 시인 문충성(文忠誠)의 「제주 바람」은 저승과 이승
사이를 오가는 바람이다. 그 바람의 통과길목에 인간의 목숨
은 놓여 있다. 제주도가 계절풍의 통과길목인 해역에 놓여
있어 이 바람은 인간의 삶에 전면적으로 개입하는 바람이다.

　　탄생 가까이에
　　아니다
　　죽음 가까이에
　　있다 저주받은 제주섬의 산과 들
　　바다에도 하늘에도
　　캥캥마른 밭에서

일하는 농사꾼 곁이거나

이마에 땀 흘리는 이들

땀방울 속이거나

송송송 구멍을 뚫는다 제주바람은

돌담 구멍을 들락이며 자그만 구멍으로

가난한 세상살이

송송송 열어놓기도 하고

잠 못 이루는 섬사람들 흔들어 재우며 깊숙이

이승에서 저승으로 가고 오게 한다

(……)

온 힘을 다 내 허리 꺾으며 맞서 싸워도

한 번도 이겨내지 못하는 제주 바람

얼굴도 없이 마음도 없이

아무렇게나 나뭇가지에 걸려

어둑어둑 흐느낀다.

그때 제주바람은

내 목숨 가까이에 있다

(문충성, 「제주 바람」, 『떠나도 떠날 곳 없는 시대에』, 문학과지성사)

김통정의 항파두리 토성 15리도 지금 흰 억새풀에 뒤덮여 있다. 신혼부부와 관광객들도 이 볼 것 없고 살 것도 없는 외진 토성까지는 찾아오지 않는다. 한줄기 흙무더기가 무인지경의 빈 들판을 가로지르고 있고 토성의 억새풀들은 몽고군 쳐들어오던 애월(涯月)바다 쪽으로 흰 손목을 흔들어대고 있었고 토성 주변에는 통정의 참혹한 넋을 달래던 솟대와 무속적 기념물들이 이제는 형태를 잃고 흩어져 있었다. 김통정의 이 토성이 여몽연합군 1만에 의하여 짓밟히자 통정의 부장 70명은 붉은 오름으로 도망쳐서 끝까지 싸우다 죽었고 통정은 자결했다. 그후 섬은 몽고군이 직접 지배하는 1백년 식민지의 세월을 살아간다. 문충성이 이 토성의 억새풀에 대하여 말한다.

흔들림의 저편에서 하얗게
말발굽 소리 들려온다

몽고군 긴 창 끝에
무너진 삼별초여 삼별초여
울긋불긋 이름없는 병사들
가슴 가슴 피 흘린 자국마다
억새는 뿌리뿌리 내려
(······)

무정세월 삭이며삭이며

손짓한다 가을날 하르르르

부질없다 삶이란 한낱 흔들림임을

(……)

헐떡이던 숨결 탁 내버리며 뜻만을 남기며

제주의 들판 노을 내리는 곳 어디서든지

지천으로 흔들리는 억새꽃이여

흔들림의 저편에서 하얗게

말발굽 소리 들려온다

(문충성, 「억새꽃」 중에서, 『내 손금에서 자라나는 무지개』, 문학
과지성사)

    환속 직후의 고은은 1967년부터 3년 동안을 제주도에서
살았다. 그 자신의 기록에 의하면, 그는 아마도 제주도에서
파천황의 데카당 시절을 보낸 것 같다. 그러나 다시 그 자신
의 기록에 의하면, 그 데카당에는 고난에 찬 제주의 삶 전체
를 껴안으려는 그의 실성한 듯한 몸부림도 있었던 것 같다.
그의 제주도 체험은 그가 초기의 허무주의를 넘어서 이 세계
속으로 시적 환속을 결행하는 한 전기가 되었던 듯하다. 제

주도에 관한 그의 산문집 『제주도』(일지사, 1976)는 말하자면 제주도의 평전이다. 그 산문집의 문장들은 주관적 정서에 의하여 인도되고 있고, 몇몇 제주사람들은 그 산문집에 나타난 '제주'에 사회과학적인 오류가 있다고 지적하지만, 그 산문집은 제주도에 대한 좋은 감성적 입문서가 될 것이다.

제주도에서 그는 수많은 시를 썼다. 제주의 바람이 일시에 잠들면 고요히 밀려오는 만조의 바다가 펼쳐진다. 고은의 「제주만조」는 그 고요한 바다를 향해 보내는 장엄한 평화의 목가이다.

제주(濟州)만조여 그대는 떠나는 배를
때로는 조금 늦게 떠나게도 하고
이제 밤배들을 그윽그윽 돌아오게 한다.
어떻게 지킬 약속과 고기를 실어 오는지
한 척의 거룻배도 삐걱대며 새끼로 돌아오게 한다

(······)

만조여 누군들 그대 앞에 한낱 어린 길손이리라
그러나 만조여
그대가 이 바다 끝 마을의 밤을 가득하게 할 때

산지포(山地浦) 노인의 지는 숨 더디게 하고
새 갓난애의 별과 하늘의 별똥이 태어난다.
이 세상을 떠나는 자도 오는 자도
그대가 이 마을을 가득하게 할 때인지라
먼 곳으로부터 썰물 때는 서두를 수 없으리라.

(……)

그리하여 이 마을은 조심스러이 썰물을 기다리게 하라.
모든 일은 가득하고 그리고 마지막 허망으로 떠오른다.
밤은 깊다. 내일의 첫머리 서광을 꿈꾸며
오늘의 일, 참된 일은 다 끝났다.
저 북쪽 바다는 더 드넓어지건만
그러나 제주만조여 오늘밤 꼭 떠날 배 있거든
내일의 사랑, 추운 우리 사랑 가득 싣고 떠나게 하라.
(고은, 「제주만조」 중에서, 『해변의 운문집』, 청하)

바람 부는 역사 속에서, 제주의 삶과 제주의 정서는 바람에 불려 흩어지는 것이 아니라, 끝끝내 땅에 들러붙는다. 경작지 한복판이나 산비탈에 돌담을 쌓고 누운 제주사람들의 많은 무덤 위로 바람은 끊임없이 불고 있었다.

여름과 시

여 름 과 시

시 속의 강은
사람의 앞에 펼쳐진 시간들은
끝끝내 새로운 것이라는 인식과 결부되어 있다.
사람에게 창조와 사랑이 가능한 것은
시간의 강이 새롭기 때문이라고,
많은 시들은 노래하거나 또는 운다.

이제까지 무수한 화살이 날았지만
아직도 새는 죽은 일이 없다

　원양으로 나갔던 바다의 새들은 황혼 무렵이면 금빛날개
를 흔들며 숲으로 날아와 앉는다. 그 새들이 시인들에게 시
를 쓰게 한다. 우리나라 시 속의 새는 억압을 뚫고 치솟는 자
유의 새(김지하), 세상을 박차고 날아오르는 혁명의 새(김수
영)이기도 하지만, 더 많은 경우에는 상처받은 자의식의 새
들이다. 그 새는 대체로 독수리나 매 같은 맹금류가 아니라
갈매기 · 기러기 · 뻐꾸기 · 종달새 · 비둘기 들이다.
　이근배(李根培)의 시 속의 새는 무리를 짓지 않는, 한 마리
단독자인 바다새이다. 그 새는 높은 옥타브의 울음을 울고
있다.

—그것은 허공에 묻어 있는, 한 점 지면 위에 떠 있는, 늘
비인 꿈을 헤매이는, 살아서 움직이는, 아아 파닥거리며 오고
있는—

　　너는 내게 우수(憂愁)의 날개를 키운다.

　　내게 모르는 자모음(子母音)의 낱말을 주고

　　머언 바다의 슬픔을 일깨운다.

　　(······)

　　오, 가슴에 가두운 크나큰 바다.

　　머리 위에 살게 한 한 마리의 새로

　　나는 이렇게 사나운 파도에 쓰러진다.

　　나를 흔들지 마, 흔들지 마,

　　그렇게 못 견디게 살고 싶은 너.

　　(이근배, 「바다의 새」 중에서, 『노래여 노래여』, 문학세계사)

　　미국으로 이민 가버린 박남수(朴南秀)의 새는 부활의 새
다. 세상의 무수한 화살과 총알이 그 새를 쏘아 떨구지만 박
남수의 새들은 죽지 않는다. 박남수의 많은 새들은 그 추락
으로서 다시 날아오른다.

　　이제까지 무수한 화살이 날았지만

　　아직도 새는 죽은 일이 없다.

주검의 껍데기를 허리에 차고, 포수들은

무료히 저녁이면 돌아온다.

이제까지 무수한 포탄이 날았지만

아직도 새들은 노래한다.

서울에서, 멀지 않은 교외에서

아직도 새들은 주장한다.

(……)

더럽혀진 하늘에, 아직도

일군의 새들이 날고 있다.

억척같은 포수들은, 저녁이면

무료히 주검의 껍데기를 허리에 차고 돌아올 뿐이다

(박남수, 「새」 중에서, 『사슴의 관(冠)』, 문학세계사)

「새」 혹은 「새의 암장(暗葬)」이라는 제목이 붙은 박남수의 많은 시들은 대체로 동일한 시적 발상에 여러 가지 변주를 가하며 전개되고 있다.

황지우(黃芝雨)의 새는 익살과 야유의 새다. 그 새는 바닷가 숲에 살지 않고, 대도시의 영화관 안에서 살고 있다. 그 새는 "땅에 붙어서 괴로워하는"(「연혁(沿革)」 중에서) 인간의 여러 질곡들을 비탄이 아니라 풍자로서 드러내 보이고 있다.

영화가 시작하기 전에 우리는

일제히 일어나 애국가를 경청한다

삼천리 화려 강산의

을숙도에서 일정한 군을 이루며

갈대 숲을 이륙하는 흰 새떼들이

(……)

일렬 이렬 삼렬 횡대로 자기들의 세상을

이 세상에서 떼어메고

이 세상 밖 어디론가 날아간다

(……)

우리의 대열을 이루며

한세상 떼어메고

이 세상 밖 어디론가 날아갔으면

하는데 대한 사람 대한으로

길이 보전하세로

각각 자기 자리에 앉는다

주저앉는다

(황지우, 「새들도 세상을 뜨는구나」 중에서, 『새들도 세상을 뜨는
구나』, 문학과지성사)

마지막 행의 '주저앉는다' 는 통렬한 야유의 울림을 울린

다. 여름휴가가 끝나고 바다에서 돌아온 사람들은 바다새의 기억에도 불구하고, 결국 도시의 일상성 속에 주저앉을 것이다.

유치환의 「어느 갈매기」가 그의 가장 높은 시들에 속하는 것은 아니다. 그러나 이 갈매기는 그의 마지막 연에서 시적 긴장을 이룩한다. 그 비극은 친숙한 비극이다.

> 내 무뢰한(無賴漢)같이 헐한 주점(酒店)에 앉아
> 목을 메우는 한 잔 호주(胡酒)에
> 오늘 밤 어느 갈매기처럼 오열(嗚咽)하노니
> 오오 나의 골육(骨肉)이여 너는 어느 때
> 갠 너의 하늘을 깨달으려느뇨.
> (유치환, 「어느 갈매기」 중에서, 『청마시초』, 열린책들)

이태수(李太洙)의 새는 캄캄한 내면공간에서 땅을 박차고 솟아오를 날을 기다리고 있다.

> 내 마음 깊은 깊이에
> 새 한 마리가 살고 있다.
> 울지도 못하고 노래도 못하는
> 눈 멀고 말라비튼 귀머거리

새 한 마리가 살고 있다.

눈보라 흩날리고

얼어붙은 내 마음 허허벌판에

날지도 못하고 걷지도 못하는

기막힌 새 한 마리,

새 한 마리의 캄캄한 마음이 살고 있다.

(……)

나의 새는 뼛물 말리며

웅크리고만 있다.

가혹한 비상의 꿈을 꾸며

새 하늘을 그리고 있다.

(이태수, 「내 마음의 새」 중에서, 『우울한 비상의 꿈』, 문학과지
성사)

황동규(黃東奎)의 「갈매기」는 상처나 어두움을 모두 다 털
어내버린 갈매기이다. 그 갈매기는 선을 하는 갈매기인 것처
럼 보이기도 한다.

나래소리 이는 곳에 노래소리처럼 들려 오던 것

그것은 수심(水深)에서 수심(水深)에서 날아오르는 아름

다운 거리(距離)

　　나는 슬프지도 기쁘지도 않은 웃음을 울고 싶었다
　　흐르는 구름처럼 그런 울음을

　　그것은 수심(水深)에서 수심(水深)에서 날아오르는 아름
다운 거리(距離).

　　(황동규, 「갈매기」 전문, 『삼남에 내리는 눈』, 민음사)

　그런데 이런 새 저런 새 온갖 새가 날아들어도 천상병(千
祥炳)의 새가 빠진다면 한국시의 '새'는 성립되기 어렵다.
천상병의 새는 죽음의 세계의 언어로서 삶을 눈부시게 운다.

　　외롭게 살다 외롭게 죽을
　　내 영혼의 빈 터에
　　새날이 와, 새가 울고 꽃잎 필 때는,
　　내가 죽는 날
　　그 다음날.

　　산다는 것과
　　아름다운 것과

사랑한다는 것과의 노래가
한창인 때에
나는 도랑과 나뭇가지에 앉은
한 마리 새.

정감에 그득 찬 계절
슬픔과 기쁨의 주일,
알고 모르고 잊고 하는 사이에
새여 너는
낡은 목청을 뽑아라.

살아서
좋은 일도 있었다고
나쁜 일도 있었다고
그렇게 우는 한 마리 새.
(천상병,「새」전문,『새』, 답게)

사람들 사이에 섬이 있다
그 섬에 가고 싶다…

　섬은 인간의 한 생애가 또는 인류의 오랜 역사가 꿈꾸어온 이상향을 향한 그리움의 바다 위에 떠 있다.

　토마스 모어(1478~1535)는 그가 꿈꾸는 정치적 정의를 섬(유토피아)에서 건설하려 했고, 세상으로 더불어 화해할 수 없었던 홍길동도 말년에 섬(율도국律島國)으로 들어가 돌아오지 않고 있다. 제주도의 시인들은 정의의 섬, 해탈의 섬 '이어도'를 노래해왔으며 끝없이 노래할 것이다. 인간에게 섬은 꿈꾸기의 섬이다.

　황동규의 섬은 육탈의 섬이다.

　황동규의 상상력은 자신의 죽은 육신을 풍장하기 위해 그 육신을 가죽가방에 담아 전세택시에 싣고, 다시 통통배를 갈

아타고 무인도로 간다. 거기에서 그는 자신이 꿈꾸었던 '해 탈'까지도 해탈해버린다.

> 내 세상 뜨면 풍장시켜다오
> 섭섭하지 않게
> 옷을 입은 채로 전자시계는 가는 채로
> 손목에 달아 놓고
> 아주 춥지는 않게
> 가죽가방에 넣어 전세 택시에 싣고
> 벽산에 가서
> 검색이 심하면
> 곰소 쯤에 가서
> 통통배에 옮겨 실어다오
> (……)
> 바람 이불처럼 덮고
> 화장도 해탈도 없이
> 이불 여미듯 바람을 여미고
> 마지막으로 몸의 피가 다 마를 때까지
> 바람과 놀게 해다오.
> (황동규, 「풍장 1」 중에서, 『풍장』, 문학과지성사)

정현종(鄭玄宗)의 놀라운 상상력에 의하면 섬은 사람들 '사이'에 있다.

> 사람들 사이에 섬이 있다
> 그 섬에 가고 싶다
> (정현종, 「섬」 전문, 『나는 별 아저씨』, 문학과지성사)

언어를 분석하는 것만으로는 정현종의 섬에 갈 수 없다. 우리는 '사이'에 대한 상상력을 통해 정현종의 섬에 갈 수 있다. 사람들 사이에 있는 섬은 인간이, 인간이 아닌 것에 의하여 길들여지지 않은 자유의 섬이다. 그 섬의 기후와 위치를 쉽사리 설명할 수 없지만 장 그르니에는 그 섬을 향해 가고 있다.

> 바다 위를 떠가는 꽃들아, 가장 예기치 않은 순간에 보이는 꽃들아, 해초들아, 시체들아, 잠든 갈매기들아, 배의 이물에 갈라지는 그대들아, 아, 내 행운의 섬들아! ―아침의 예기치 않은 놀라움들아, 저녁의 희망들아―나는 그대들을 이따금씩 다시 보게 되려는가? 오직 그대들만이 나를 나 자신으로부터 해방시켜준다. 그대들 속에서만 나는 나 자신의 모습을 알아볼 수 있다. 티 없는 거울아, 빛 없는 하늘아, 대상 없는 사랑아……. (장그르니에, 『섬』 중에서, 김화영 옮김, 민음사)

최하림(崔夏林)도 그 자유와 기쁨의 섬을 노래하고 있다.

바다갈매기들은 산그림자 새를 빙빙 돌며 눈부신 비상을
햇볕 가득한 바람에 적고 있었다.
한 해 두 해 그들은 그들의 비상을 적었다.
날기 어려운 바람이나 해무(海霧) 속에서도
그들은 힘껏 날개를 펼치고
이 하늘 저 하늘 가로지르며
끼룩끼룩 말하고 숨쉬고 노래하더니
어느 날 은은한 빛으로 비쳐 오르는
한 기쁨 섬이 되어 서남해(西南海) 위에 솟아올랐다.
어두운 바다가 밝아져 오는 섬이 되어 솟아올랐다.
(최하림, 「새 섬」 전문, 『작은 마을에서』, 문학과지성사)

최하림의 섬과 정현종의 섬과, 장 그르니에의 섬은 서로가
서로의 내용을 알아보고 있다. 이 세 개의 섬은 서로 손짓한
다. 그 손짓의 신호는 최하림이 썼듯이 '말하고 숨쉬고 노래
하는' 섬들의 신호이다.

문충성의 섬은 다른 많은 섬들처럼 그리움의 바다 위에 떠
있지만 지리부도상으로는 제주도의 역사적인 바다 위에 떠
있다.

이어 이어 이어도 사나

이어도가 어디에 시니 수평선 넘어

꿈길을 가자 이승길과 저승길 사이

아침 햇덩이 이마에 떠올리고

저녁 햇덩이 품안에 품어

노을길에 돛단배 한 척

이어 이어 이어도 가자

(문충성,「이어도」중에서,『제주바다』, 문학과지성사)

　육지에서 섬을 바라보는 시인들의 상상력은 꿈과 그리움
에 가득차 있지만, 반대로, 섬에서 육지를 바라보는 어떤 젊
은 시인들의 시선에는 노여움 또는 세계와의 불화가 묻어 있
다. 신대철(申大澈)은 그같은 노여움을 직접 드러내 보이는
대신, 아득한 쓸쓸함을 펼쳐놓는다.

바닷물이 스스로 흘러 들어와

나를 몇 개의 섬으로 만든다.

가라앉혀라,

내게 와 죄 짓지 않고 마을을 이룬 자들도

이유 없이 뿔뿔이 떠나가거든

시커먼 삼각파도를 치고

수평선 하나 걸리지 않게 흘러가거라,

흘러가거라, 모든 섬에서

막배가 끊어진다.

(신대철, 「무인도를 위하여」 전문, 『무인도를 위하여』, 문학과지
성사)

그러나 신대철에게는 또 하나의 무인도가 있다. 그의 시집
을 모두 다 읽지 않고는 이 두 번째 무인도의 아름다움을 알
아내기 어렵다. 이 무인도는 황동규의 무인도와 가까운 어느
해역에 있는 것 같다.

(……) 그는 몸 밖으로 기어나왔다. 맑다, 아무도 살지 않
는 시간, 섬의 별이란 별은 하늘로 전부 올라가 있는 시간, 그
는 무인도 한복판으로 바람 부는 대로 걸어 나갔다. 그리고
우뚝 서서 그를 인간이게 하는 겉껍질을 깎는다, 깎을수록 투
명한 하나의 돛이 될 때까지.

(신대철, 「다시 무인도를 위하여」 중에서, 같은 책)

섬은 인간의 한 생애가 또는 인류의 오랜 역사가 꿈꾸어온 이상향을 향한 그리움의 바다 위에 떠 있다. 육지에서 섬을 바라보는 시인들의 상상력은 꿈과 그리움에 가득차 있지만, 반대로, 섬에서 육지를 바라보는 어떤 젊은 시인들의 시선에는 노여움 또는 세계와의 불화가 묻어 있다.

어떤 이 세상의 말도 잔잔히 지우는 바다

    바다는 한국 시인들의 가장 큰 상상력의 공간이다. 한국 현대문학사에서 맨 처음의 시인 「海에게서 少年에게」(최남선) 이후 무수한 시들이 바다로부터 태어났다. 우리는 시를 읽으면서 빛깔과 모습과 내용을 달리하는 무수한 바다에 갈 수 있다. 그 바다는 지리부도상으로는 고은·문충성 들의 제주바다, 박재삼·황지우 들의 남해바다 또는 이성선·김명인 들의 동해바다일 수도 있지만, 대동여지도의 김정호가 그 헤어진 미투리와 도포자락을 휘날리며 걸어갔던 우리나라 어느 외진 해안선의 굽이침에도 바다의 노래는 있다.

    시 속의 바다는 때로는 허무주의자의 애달픈 바다이기도 하지만 이 세계와의 무섭고도 영원한 차단을 외치는 운명의

바다이며, 늘 무정형의 새로움으로 출렁거리는 미래의 바다
이고, 거기에 삶의 뿌리를 박기 위해 저항했던 사람들의 생
존의 바다이다.

홍윤숙(洪允淑)의 시 속에서 배가 해안을 떠날 때, 또는 배
를 타고 바다를 지날 때, 사람들이 남을 향해 흔들어 보이는
손길에는 소멸의 운명이 숨어 있다. 바다에서 사람들은 왜
배를 향해, 또는 물을 향해 손을 흔들어 보이는 것인가. 홍윤
숙이 그것을 알고 있다.

　　잠시 스쳐가는 이 세상의 만남과
　　흘러가는 의미를
　　흔드는 두 손에 담아보는 것이다.
　　흔드는 두 손에 확인하는 것이다.

　　바다에선 누구도 그밖의 말을 알지 못한다.
　　손을 흔드는,
　　손을 흔드는,
　　그 유순한 순명(順命)
　　그 밖의 어떤 이 세상 말도
　　바다는 잠잠히 지워버린다.
　　(홍윤숙, 「바다의 언어」 중에서, 『타관의 햇살』, 송림문화사)

홍윤숙의 시에 의하면 사람들이 온 여름 내내 시달리며 살아가는 이 세계가 근원적으로 낯선 '바다'이며, 그 낯선 세계를 향해 흔들어 보이는 안쓰러운 '손길'은 동류의 운명을 확인하는 인간적인 언어로 우리에게 남는다. 인용된 시 중에서 '유순한 순명(順命)'이라는 다섯 글자가 특히 종교적인 울림을 울리는 것은, 홍윤숙의 바다에서는 세상의 모든 언어가 파도에 밀려 지워지기 때문이다.

바다가 사람들에게 근원적인 두려움을 주는 것은 시각적으로, 그 광대무변함과 끝없는 출렁거림 때문이다. 박재삼의 바다시들은 '바다'를 보다 인간화함으로써 그같은 두려움에서 벗어나 있다.

박재삼(朴在森)의 바다는 가난 속에서도, 인간의 생명이 바닷가 미루나무 잎사귀처럼 반짝반짝 빛나는 사랑의 바다이다.

고향 앞바다에는
꿈이 아니라고 흔드는
수만 잎사귀의 미루나무도 있고,
미칠만하게 흘러내리는
과부의 찬란한 치마폭도 있고,
(박재삼, 「바다에서 배운 것」 중에서, 『천년의 바람』, 민음사)

세상살이의 높고 낮은 파도에 시달린 사람들이, 여름 휴가를 맞아 바닷가에 갔을 때, 사람들은 바다의 파도를 보고 '세파'의 고단함을 연상하기도 하겠지만, 박재삼의 바다시들은 그 거친 물결 맨 아래 찬란하게 피어 있을 산호초에 관하여 말하고 있다.

　박재삼의 바다시가 세상의 고단함을 쓰다듬어주면서도 인생론으로 떨어지지 않는 것은 그의 엄격한 시적 규율 때문이다.

　　사람이 살아가는 그 어려운 길도

　　아득한 출렁임 흔들림 밑에

　　그것을 받쳐주는

　　슬프고도 아름다운

　　노래가 마땅히 있는 일이라!

　　(박재삼, 「사람이 사는 길 밑에」 중에서, 같은 책)

　김명인의 동해는 위안의 바다가 아니고, 가열찬 생존의 바다이다. 바다에 관한 그의 시들(「영동행각(嶺東行脚)」 연작 여덟 편 등)은 동해안에서 살아가기와, 그 생존에 관련되어 상처받은 정신들을 치열하게 드러내 보인다.

　김명인의 동해 정서는 생존에서 온다. 그의 바다시들에는 아무런 근사한 상상력도 담겨 있지 않지만, 동해에서의 생존의 슬픔과 고난이 '바다'와 한 덩어리로 용해되어버릴 때 김명인의 바다시는 그 아름다움의 절정을 이룬다. 그 아름다움은 비감하고도 힘센 것이다.

> 한 생애가 눈물 가득 찬 물결로도 출렁이고
> 서러울수록 그 위에 엎어져 함께 흐느껴 가면
> 어둠 속 더욱 넓어지는 소리의 이 한없는 두런거림
> 여기서 자라 이 물결에 마음붙인
> 사람들의 오랜 고향을 나는 안다
> (김명인, 「다시 영동(嶺東)에서」 중에서, 『동두천』, 문학과지성사)

고은의 제주바다는 여러 모습을 드러내 보인다.

고은의 제주바다는 태어나는 것과 사라져가는 것들을 동시에 끌어안고 있는 장엄한 평화의 바다이지만 그 바다의 물소리는 허무의 울림을 울린다. 고은의 제주바다는 모든 시간과 공간이 거기에서부터 시작하는 시원의 바다이고 모든 시간과 공간이 그리로 다시 돌아오는 귀환 바다이다. 그러나 그의 다소 난해한 어법은 꼼꼼한 독자들에게만 그 의미를 허락한다.

제주 만조여, 그대는 떠나는 배를

조금만 늦게 떠나게 하고

이제 밤배들을 돌아오게 한다.

어떻게 지킬 약속을 실어오는지,

한 척의 거룻배도 삐걱거리며 돌아오게 한다.

(고은, 「이 만조에 노래하다」 중에서, 『부활』, 민음사)

시를 통하여 이처럼, 그리고 이보다 더 많은 바다에 우리는 갈 수 있다. 사람들이 이번 여름에 가는 바다가 어떤 바다가 될 것인지는 그 자신만의 내밀한 부분이 될 것이다.

산은 혼자 있으며
더 많은 것들과 함께 있다

시 속의 산은 가장 행복한 경우에는, 겸재 산수화 속의 산
처럼 인간이 자연으로 더불어 아늑하고 넉넉한 평화의 공간
이지만, 보다 덜 행복한 경우에는 보이지 않지만 단념할 수
도 없는 그 평화의 세계를 향하는 꿈꾸기의 산이다. 그리고
좀 더 불행한 경우에는 그같은 구원이나 평화를 확인하고,
행복 없는 이 세상을 향해 터벅터벅 하산하는 김광규, 정희
성, 양성우 들의 산이다. 산으로 올라가는 시인들도 있지만,
산에서 내려오는 시인들도 있다.

박목월(朴木月)과 박두진(朴斗鎭)은 산에 관해서 많은 시
를 쓴 시인들이지만, 대체로 말해서, 박목월의 산은 '산'이고
박두진의 산은 '산맥'이다. 산을 노래할 때, 박목월은 시인의

주관적 정서를 일체 노출시키지 않고도, 인간과 자연의 행복한 교감에 도달한다. 그 한국어의 아름다움은 놀랍다.

> 산빛은
> 제대로 풀리고
>
> 꾀꼬리 목청은
> 티어오는데
>
> 달빛에 목선가듯
> 조는 보살
>
> 꽃그늘 환한 물
> 조는 보살
> (박목월, 「산색(山色)」 전문, 『박목월 시전집』, 민음사)

박목월의 「산·소묘」 연작은 그의 시세계에서 '산'이 무엇을 의미하는가를 선명하게 보여준다. 그것은 우선 평화로운 모성의 산이다.

> 한자락은 햇빛에 빛났다. 다른 자락은 그늘에 묻힌 채……

이 길쑴한 산자락에 은은한 웃음과 그윽한 눈물을 눈동자에
모으고 아아 당신은 영원한 모성

(박목월, 「산·소묘 I」 중에서, 같은 책)

그리고 또 박목월의 산은 가장 깨끗한 관능이 출렁거리는
자유의 산이다.

이 산의 모습은 동양 산수화의 산이 아니라 베토벤의 전원
교향악의 폭발적인 환희의 모습에 흡사하다.

갈기가 휘날렸다. 말발굽 아래 가로눕는 이슬밭. 패랭이꽃
빛으로 돈다. 무지개가 감기고 풀리고 하얗게 끓는 질주. 태
고의 아침을, 창조의 숨가쁜 시간을. (……) 달리는 것 옆에
서 달리는 것이 목덜미를 물고, 출렁거리는 엉덩이, 불을 뿜
는 입, 생명의 고동을. 비등(沸騰)을. 뿜는 숨결, 끓는 박자.
발굽의 말발굽의 날개를……

(박목월, 「산·소묘 II」 중에서, 같은 책)

박목월의 시에 나오는 인간이 산을 향하고 서는 자세는 매
우 자족적인 것이다. 그 시에 나오는 인간은 슬픔으로써 세
상을 향하고 서는 것이 아니라 자기 자신을 향해 선다.

산이 날 에워싸고

씨나 뿌리며 살아라 한다

밭이나 갈며 살아라 한다

(……)

산이 날 에워싸고

그믐달처럼 사위어지는 목숨

그믐달처럼 살아라 한다

그믐달처럼 살아라 한다

(박목월, 「산이 날 에워싸고」 중에서, 같은 책)

정희성(鄭喜成)은 박목월과 흡사한 리듬, 흡사한 구도의
시로 자정할 수 없는 인간의 울분을 노래한다.

산이 날더러는

흙이나 파먹으라 한다

날더러는 삽이나 들라 하고

쑥굴헝에 박혀

쑥이 되라 한다

늘퍼진 날 산은

쑥국새 울고
저만치 홀로 서서 날더러는
쑥국새마냥 울라 하고
(……)
산이 날더러
흙이나 파먹다 죽으라 한다
(정희성, 「저 산이 날더러」 중에서, 『저문 강에 삽을 씻고』, 창비)

그러나 정희성이 산을 향하여 이처럼 격렬한 노여움을 퍼
붓는 것은, 마침내 늠름한 하나의 산을 간직하고 싶기 때문
일 것이다.

혼자 있어도 외롭지 않을 것이
있다면 산뿐일 성싶다
날마다의 저 밖에서
산은 아직 순수한 목소리로 남아서
우리가 수식어 없이
우리의 외로움을 지탱할 수 있음을,
마치 저 산 나무가
저 홀로 서 있듯,

산은 혼자 있으며
더 많은 것과 함께 있다
(정희성, 「산」 중에서, 같은 책)

박두진의 '산맥'은 그의 시세계의 근원을 이룬다. 그 산은

먼 첩첩, 열 굽이 꽃골짜기 돌아든 곳, 내가 온 골을 따라 너도 오라 숙아. 머리엔 고운 산꽃을 따 달어 이브처럼 꾸미고, 한 아름 붉은 꽃을 가슴에 안고, 여기, 먼, 아무도 없는 골에 천년을 살러, 사뿐히 날아오듯 달려오라 숙아. 화장도 생활도 풍속도 버리고 한 천년 산에 살러 내게 오라 숙아

(박두진, 「산에 살어」 중에서, 『박두진』, 지식산업사)

이처럼 생명의 힘에 가득 찬 청산이지만, 그의 많은 '산'들은 청산이 가까운 곳에 있지 않음을 알고 있는 괴로운 '산'이다.

산새도 날러와
우짖지 않고,

구름도 떠가곤

오지 않는다.

인적 끊인 곳
홀로 앉은
가을 산의 어스름.
호오이 호오이 소리 높여
나는 누구도 없이 불러 보나,

울림은 헛되이
빈 골 골을 되돌아올 뿐.

산그늘 길게 늘이며
붉게 해는 넘어가고,

황혼과 함께
이어 별과 밤은 오리니.

생은 오직 갈수록 쓸쓸하고,
사랑은 한갓 괴로울 뿐.

그대 위하여 나는, 이제도 이,

긴 밤과 슬픔을 갖거니와,

이 밤을 그대는, 나도 모르는
어느 마을에서 쉬느뇨.
(박두진, 「도봉(道峰)」 전문, 같은 책)

박두진은 자신의 시세계를 설명하는 산문 「산은 나에게 있어 무엇인가」에서 "산을 수양적인 덕목으로 보는 것은 너무 교훈적이어서 산과의 순수한 교감을 저해할 우려가 있다. 그냥 생리적으로 본연적으로 산과 인간, 산과 나와의 분석, 분해할 수 없는 감정, 그 정신적 일체감에 젖을 때 산의 참의미는 실감 체험될 것이다"라고 기술한 바 있다. 양성우(梁姓佑)는 그 '청산' 을 기다리고 기다리다 단념해버린 자의 절망을 절규하고 있다.

청산이 소리쳐 부르거든
나 이미 떠났다고 대답하라.
기나긴 죽음의 시절,
꿈도 없이 누웠다가
이 새벽 안개 속에
떠났다고 대답하라.

청산이 소리쳐 부르거든

나 이미 떠났다고 대답하라.

흙먼지 재를 쓰고

머리 풀고 땅을 치며

나 이미 큰 강 건너

떠났다고 대답하라.

(양성우, 「청산이 소리쳐 부르거든」 전문, 『청산이 소리쳐 부르거든』, 실천문학사)

김광규(金光圭)의 「영산」은 그의 데뷔작이지만 이 시는 그의 모든 시세계에 대해 아직도 유효한 선언적 의미를 갖는다. 그 선언의 의미는 구원 또는 행복에 대한 부재증명서이다.

내 어렸을 적 고향에는 신비로운 산이 하나 있었다

아무도 올라가 본 적이 없는 영산(靈山)이었다.

(……)

내 마음을 떠나지 않는 영산이 불현듯 보고 싶어 고속버스를 타고 고향에 내려갔더니 이상하게도 영산은 온데 간데 없어지고 이미 낯선 마을 사람들에게 물어보니 그런 산은 이곳에 없다고 한다.

(김광규, 「영산」 중에서, 『반달곰에게』, 민음사)

저문 강물을 보아라

    시 속의 강은 사람의 앞에 펼쳐진 시간들은 끝끝내 새로운 것이라는 인식과 결부되어 있다. 앞으로 닥쳐올 시간들은 이미 립자 한알한알 모두가 인간에게 경험된 적이 없는 낯선 것들이며, 그 낯선 시간의 가루들은 사금파리처럼 흩어져 멸렬하는 것이 아니라, 인간의 생명 속에서 일련의 지속적인 '흐름=강'을 이루어 흘러간다. 사람에게 창조와 사랑이 가능한 것은 시간의 강이 새롭기 때문이라고, 많은 시들은 노래하거나 또는 운다.

    강이 흐른다.
    땅거미 밀며 저녁 불빛 하나 둘

메마른 가슴 흔들어주고
밤이 와도 이제는 어둡지 않다,
어둡지 않다고 누가
어깨를 두드려준다.

(······)

쓰러져 뒤채이던 낮과 밤의 터널,
기다리고 기다리던 기다림의 끝에
돋아나는 꿈, 꿈꾸는 별들.
안으로 불 붙던 내 가슴의 말들은
강물을 따라간다. 굽이굽이 돌고 돌아
상처 지우며 일어선다.

(이태수,「강이 흐른다」중에서,『우울한 비상의 꿈』, 문학과지
성사)

김옥영(金玉英)의 강은 사금파리의 시간들을 받아들여
'지속'을 이루어내는 생명의 비밀을 아름답게 드러내 보이
고 있지만, 그 강은 세상을 모두 버리고 생명의 내부로만 흘
러가는 강이고 그 흘러감과 끝은 아마도 죽음일 것이다.

이제 보아라 소리없이 흐르는
강은 빛나지 않고 빛나는 것들 위를 지나
다만 빛나지 않고
이곳에 이르며
이르며 이미 이곳을 버린다

(……)

떠나가리
(……)

헛되이 목쉰 모든 물음의 무덤을 지나
풀꽃 하나 웃고 있는 그
웃음 뒤의 웃음
뒤에 올 웃음까지 지나
(김옥영, 「흐르는 강물을 노래함」 중에서, 『어둠에 갇힌 불빛은
뜨겁다』, 문학동네)

　　김옥영이 보여주는 '시간의 강'은, 때로는 인간이 그 흘러
감에 동참할 수 없는 낯선 강이다. 그 속수무책의 운명을 성
찰하는 시들은 그의 시집 중에서 가장 충격적인 페이지이다.

바람에 지상의 그림자들이 불려가고
말(言)들도 소등하고
완전히 어두워지기 위하여
저녁은 서둘러 서산을 넘지만

시간의 발을 따르지 못하고
당신은
산의 이쪽에
아직 남는다.

(……)

무엇인가
황혼 속에
오늘의 마지막 하루살이 떼들은 춤추며
모이지만
허방 깊이 깊이 추락하는 저것은, 저 이름은.
당신의 노래의 회색 공간 안
똑바로 이마를 마주 보며
넘지 못한 산이
아직 남는다.

강은 산맥의 후미진 구석구석을 쓰다듬고 온 들판을 적시는 국토의 동맥이다. 시 속의 강은 역사와 현실의 모든 무게를 싣고 흐른다. 상류에서 휘몰이로 흐르던 강은 하구에 이르러 진양조로 바뀐다. 강에 실린 살아가기의 고난은 바다에서 모두 모여 마침내 역사를 이룬다. 시들이 그것을 말해주고 있다. 그 시들은 예를 들자면 신동엽의 「금강」이고 김용택의 「섬진강」이며 나해철의 영산강 포구이고 정희성의 날 저문 샛강이다. 이 국토의 강들이 헤르만 헤세의 강(싯달타, 또는 나르치스와 골드문트의 강)처럼 화해롭지 못한 것은 그 강이 역사와 현실의 중심부를 관통하는 강이기 때문이다. 김용택의 장시 「섬진강」을 짧은 말로 설명하긴 어렵지만, 이 강은 그 주변의 삶의 모습을 물 위에 비추는 강일 뿐 아니라, 그것들을 모두 싣고 '흘러가고 있는' 강이다.

저렇게도 불빛들은 살아나는구나.
생솔 연기 눈물 글썽이며
검은 치마폭 같은 산자락에
몇 가옥 집들은 어둠 속으로 사라지고
불빛은 살아나며

산은 눈뜨는구나.

어둘수록 눈 비벼 부릅뜬 눈빛만 남아

섬진강물 위에 불송이로 뜨는구나.

(김용택, 「섬진강 2」 중에서, 『섬진강』, 창비)

나해철의 어떤 시들은 윤동주의 세계와 인접해 있는 것 같다. 그의 「영산포」 연작은 강가에서 벌어지는 인간의 불행을 이야기하면서도 끝끝내 말의 아름다움을 잃지 않는다.

배가 들어

멸치젓 향내에

읍내의 바람이 다다달 때

누님은 영산포를 떠나며

울었다.

가난은 강물 곁에 누워

늘 같이 흐르고

개나리꽃처럼 여윈 누님과 나는

청무우를 먹으며

강둑에 잡풀로 넘어지곤 했지.

(나해철, 「영산포 1」 중에서, 『무등에 올라』, 창비)

울면서 강가의 마을을 떠나 도시로 갔던 이 누님이 십 년
만에 강가의 마을로 다시 돌아온다.

버려진 선창을 바라보며
누님은
남자와 살다가 그만 멀어졌다고
말했지.
갈꽃이 쓰러진 얼굴로
영산강을 걷다가 누님은
어둠에 그냥 강물이 되었지,
강물이 되어 호남선을 오르며
파도처럼 산불처럼
흐느끼며 울었지. (나해철, 「영산포 1」 중에서, 같은 책)

나해철의 영산강은 누님의 슬픔을 씻어 바다로 가져가는
강이지만 정희성의 날 저문 샛강은 노동의 고난을 싣고 흐
른다.

흐르는 것이 물뿐이랴
우리가 저와 같아서
강변에 나가 삽을 씻으며

거기 슬픔도 퍼다 버린다

일이 끝나 저물어

스스로 깊어가는 강을 보며

쭈그려 앉아 담배나 피우고

나는 돌아갈 뿐이다

삽자루에 맡긴 한 생애가

이렇게 저물고, 저물어서

샛강바닥 썩은 물에

달이 뜨는구나

우리가 저와 같아서

흐르는 물에 삽을 씻고

먹을 것 없는 사람들의 마을로

다시 어두워 돌아가야 한다

(정희성, 「저문 강에 삽을 씻고」 전문, 『저문 강에 삽을 씻고』,
창비)

시 속의 강은 새로운 시간 속을 흐르는 생명의 강이고, 역
사를 관통하는 현실의 강이다. 그 두 강의 같은 점은 그것이
끊임없이 쌓인 것을 실어 나르고 새 것을 옮겨와, 비우고 채
움을 잇대면서 '현재'를 이루고 있다는, 강의 그 영원한 '흐
름'이다. 강은 현재성 안에 미래를 포함하고 있다. 강은 그렇

사람에게 창조와 사랑이 가능한 것은 시간의 강이 새롭기 때문이라고, 많은 시들은 노래하거나 또는 운다. ……강은 그렇게 흘러서, 이 세상의 저 너머로 흘러간다.

게 흘러서, 이 세상의 저 너머로 흘러간다.

저문 강물을 보아라.
한 동안을 즈믄 동안으로 보아라.
강물 위에 절을 지어서
그곳에 피아골 벽소령 죽은 이들도 다 모여서
함께 이룬 이 세상의 강물을 보아라

(……)

이제 살아 있는 것과 죽은 이가 하나로 되어
강물은 구례 곡성 누이들의 계면조 소리를 내는구나.
(……)
살아 있는 사람 앞에서 강물은 이렇게 저무는구나.
보아라 만겁 번뇌 있거든 저문 강물을 보아라.

(고은, 「섬진강에서」 중에서, 『문의 마을에 가서』, 민음사)

소들은 왜 뿔이 있는가

옛 노래(향가)에 연애를 하는 백발노인은 소를 타고 구애의 꽃을 꺾으러 간다(「헌화가」). 유배지의 송강 정철도 이웃 마을 선비네 집에 술이 익으면, 한잔 하러 갈 때 소를 타고 간다. 소를 탄 사람의 세계관과 말(馬)을 탄 사람들의 세계관은 같을 수가 없다. 소를 탄 사람은 도를 생각하고, 말을 탄 사람은 기능을 생각한다. 농경한국의 소는 도의 소, 쟁기를 끌어야 하는 소이며, 끝내는 쇠전에 내다 팔아야 하는 생활의 소이다. 전원을 달리는 피서의 기차나 자동차 안에서 어린이들이 좋아라 하는 먼 들판의 소는 농경한국의 생활과 정서를 동시에 상징하는 거룩하고도 괴로운 소다. 소는 느리지만 느린 것이야말로 소의 힘이다. 우리나라 어린이들의 노래

에는

> 아무리 배가 고파도
> 느릿느릿 먹는 소
> 비가 쏟아질 때도
> 느릿느릿 걷는 소
> 기쁜 일이 있어도
> 한참 있다 웃는 소
> 슬픈 일이 있어도
> 한참 있다 우는 소
> (국정교과서 '국어' 3학년 1학기, 전문)

라고 적혀 있는데, 국정교과서는 그 마지막 행의 소의 슬픔에 관하여 '소에게 슬픈 일이 생기지 않기를 바란다'는 내용의 산문을 첨부하고 있다.

소와 관련된 한국인의 슬픔은, 온 가족의 기쁨 속에서 태어나는 소가 모진 고난의 생애를 마친 후, 마침내 내다 팔아야 하고, 또 잡아 먹어야 한다는, 소의 생애 전체에 대한 슬픔이다.

> 봄철에 눈이 녹아 만산에 꽃이 피니

풀을 뜯던 우공(牛公) 태자 극락으로 가는구나

저리고 아픈 고역 속세 인간 위해 바쳐

극락에 계신 천왕님 그대를 가상타 하리

관세음보살 하감하소계 나무아미타불

(황순원 장편소설 『日月』, 「백정의 노래」 중에서)

도끼에 맞아 쓰러지는 이 소가 살았을 때, 그 얼마나 믿음직하고 사랑스러운 소였으랴.

소는 세상의 숨소리를 제일 먼저 알아들어

저의 가장 소중한 뜻으로 알고

조심조심 묵은 밭을 갈아엎으며

흙 속 가장 깊고 단단한 그리움 속

세상의 싹들을 밟지 않고 앞으로 간다

(홍일선, 「밭의 슬픔」 중에서)

이 소가 늙고 병들어 기력이 없어지거나, 농가에 급한 용전의 필요가 있을 때 쇠전으로 끌려간다.

소를 팔 때에 나는 울었다.

아버지를 따라 읍내 쇠전에 갔을 때

젖이 불어 새끼를 찾는 소들이

젖이 그리워 어미를 부르는 소들이

말뚝에 매여

그 무엇보다도 길게 울음을 보내고 있을 때

나는 소로 태어나지 않은 것이 고마웠다.

(……)

나는 소가 불쌍했다.

제가 가진 노동력을 다 주었고

밑거름을 빚어 제공했으며

제가 숙일 수 있는 머리를 끝까지 숙여

마지막엔 제 살 뼈 가죽까지 바쳤어도

소가 소 이상일 수 없는 소,

(이운용 「쇠전의 애가(哀歌)」 중에서, 『이 가슴 북이 되어』, 창비)

　소를 끌어내다 파는 것은 이처럼 슬픈 일이지만 그 소의
소값을 제대로 받아야 한다는 것은 또 다른 문제다. 요즘에
는 소값이 너무 떨어져서 농민들이 섭섭해하고 있는데, 그
섭섭함에 대한 시가 또한 있다.

소값이 자꾸 떨어질 때

아예 소는 기르지 않기로 작정하고

작년 이맘때 송아지 살 때 값인

백만원을 조금 더 받고 팔아버렸다

홧김에 서방질 한다고

얼떨결에 경운기를 샀지만

(……)

흙의 크나큰 은덕으로 밥을 먹고

필경은 저 흙으로 돌아감인데

(……)

아무리 생각해도 경운기를 팔고

다시 소를 길러야 쓸 것 같다

(홍일선, 「밭의 슬픔」 중에서)

　이 시의 농민은 약이 올라서 소를 팔아 경운기를 샀지만,
결국은 경운기를 팔아 다시 소를 장만하기로 결심하고 있다.
약오름은 잠깐의 일이요, 땅에 대한 그의 사랑은 단념할 수
없는 영원한 일이기 때문이다.

　김광규의 「소」는 농촌의 소는 아닌 것 같다. 그 소는 범속
한 일상성에 타격을 가하는 소다.

산비탈에 비를 맞으며
소가 한 마리 서 있다
누군가 끌어가기를 기다리며
멍청하게 그냥 서 있다

(……)

소들은 왜 끌려만 다니는가
소들은 왜 죽으러 가는가
소들은 왜 뿔을 가지고 있는가
(김광규, 「소」 중에서, 『반달곰에게』, 민음사)

　김광규의 시들은 대체로 난해한 이미지에 의존하지 않는다. 범박한 언어로 일상의 풍경을 꿰뚫어, 비일상의 충격에 도달하는 그의 언어의 힘은 달인의 경지에 가깝다.

　소의 생애가 한국인에게 주는 슬픔과 기쁨은 한국 농촌의 근원적 정서들 중의 하나이다. 공업은 공산품 제조업이겠지만, 농업은 단순한 농산물 제조업이 아니다. 농업은 그 이상이다. 농업은 토지에 얽힌 인간의 운명이며 삶 전체이다. 농업은 하곡 수매가격이나 소값이 표시하는 지표, 그 이상인 것이다. 그 농촌으로부터 많은 시들이 나오고 있다.

75년에는 신경림의 「농무」가 나왔고 최근에는 김용택의 「섬진강」, 정동주의 「농투산이의 노래」 등이 나왔다. 이 시들은 토지에 얽힌 농민들의 고난과 함께 그 고난 속에서도 빛나는 그들의 커다란 자부심을 노래하고 있다.

> 참 오래 살랑게
> 벼라별 험헌 꼴들 다 겪고
> 지금은 이렇게 사람 모양도 아닝 것맹이로
> 늙고 병들었어도
> 다 우리들 덕에 이만큼이라도
> 모다덜 사는지 알아야 혀
> 아뭇소리 안 허고 있응게 다 죽은 줄 알지만 말여
> 아직도 이렇게 두 눈 시퍼렇게 부릅뜨고
> 땅을 파는
> 농군이여
> 농군.
> (김용택, 「마당은 비뚤어졌어도 장구는 바로 치자」 중에서, 『섬진강』, 창비)

국토를 사랑한다는 것은 그 아름다움뿐 아니라, 그 땅에 얽힌 고통을 사랑한다는 말이 될 것이다. 고통 없이 어찌 신뢰할 만한 사랑에 도달할 수 있겠는가. 여름 휴가에 전원을 찾는 사람들은 차창 밖으로 보이는 먼 들판의 소뿐 아니라, 시의 눈을 통해서 많은 의미의 '소'들을 볼 수 있을 것이다.

지고한 목숨을 울면서 일체를 거부하던
너의 외로움이 이제 마른 잎으로 땅에 눕겠구나

'풀'과 '민초'를 결부시키는 연상작용은, 때로는 진부한 것이고, 작위적인 것이기도 하지만, '풀'은 시에 의하여 가장 탄탄한 '민중' 이미지로써 살찌워진 한국어 중의 하나이다. '풀'의 경전은 아마도 김수영(金洙暎)의 「풀」일 것인데, 이 '풀'이 민중주의자들의 '풀'이건 또는 아니건 '풀'은 너무 일찍, 너무 돌연히 죽은 그의 생애의 한도 내에서 가장 완성된 서정의 모습일 것이다. 거기에서 그는 언어의 난해성을 넘어서서 명료한 서정에 도달한다.

풀이 눕는다
비를 몰아오는 동풍에 나부껴

풀은 눕고

드디어 울었다

날이 흐려서 더 울다가

다시 누웠다

풀이 눕는다

바람보다도 더 빨리 눕는다

바람보다도 더 빨리 울고

바람보다 먼저 일어난다

날이 흐리고 풀이 눕는다

발목까지

발밑까지 눕는다

바람보다 늦게 누워도

바람보다 먼저 일어나고

바람보다 늦게 울어도

바람보다 먼저 웃는다

날이 흐리고 풀뿌리가 눕는다

(김수영, 「풀」 전문, 『김수영 전집』, 민음사)

이 '풀'은 바람, 비, 흔들림, 늦게 눕기, 먼저 일어나기, 땅

에 뿌리박기 등 '풀'의 경전으로서의 동작들을 완벽하고도
아름답게 구비하고 있다. 시 속의 풀, 풀잎, 풀꽃, 들풀들은
대체로 이같은 이미지에 연결되어 있다. 이근배의 「풀꽃」은
풀에 관한 빼어난 서정시들에 속한다.

> 흔들리면서 바람 속에 떨면서
> 너는 또 시들어지겠구나
> 지고의 목숨을 울면서
> 일체를 거부하던 너의 외로움이
> 이제 마른 잎으로 땅에 눕겠구나.
>
> 비록 여린 바람에 흔들려도
> 너의 뿌리는 뜨거운 눈물에 젖어 있던 것.
> 그러나 아름다움은 한 평 땅에 묻히고
> 나는 너의 흐느낌에 매달려
>
> 허용받지 못한다,
> 아무 구원도 갖지 못한다.
> 건널 수 없는 이 많은 시간
> 너의 쇠잔한 꿈의 곁으로 가는
> 한 가닥 나의 사랑의 빛.

먼 데서 오는 너의 가녀린 숨결을 들으며

부자유 속의 나의 영혼은

이 가을 시름거리며 앓는다.

(이근배, 「풀꽃」 전문, 『노래여 노래여』, 문학세계사)

  이근배의 풀은 시들어가는 풀의 마지막 아름다움을 노래
하고 있지만 김명수의 풀은 역사 속에서 새롭게 피어나는 풀
을 노래하고 있다.

우리나라 꽃들에겐

설운 이름 너무 많다

이를테면 코딱지꽃 앉은뱅이 좁쌀밥꽃

건드리면 끊어질 듯

바람 불면 쓰러질 듯

아, 그러나 그것들 일제히 피어나면

우리는 그날을

새봄이라 믿는다

우리나라 나무들엔

아픈 이름 너무 많다

이를테면 쥐똥나무 똘배나무 지렁쿠나무

모진 산비탈

바위틈에 뿌리내려

아, 그러나 그것들 새싹 돋아 잎 피우면

얼어붙은 강물 풀려

서러운 봄이 온다

(김명수, 「우리나라 꽃들에겐」 전문, 『하급반 교과서』, 창비)

　우리나라 풀들이 순수한 한국어의 이름을 갖는 것은 물론
농민들이 그 풀에 자신들의 언어로써 이름을 주었고, 불러왔
기 때문이다. 그 풀이름이 서럽고 아프다는 것은 그 풀과 더
불어 살아온 그들의 삶이 고난에 찬 것이었기 때문이다. 송
수권(宋秀權)의 풀은 그같은 고난을 보다 구체적으로 드러내
보이고 있다.

쇠뜨기풀 진드기풀 말똥가리풀 여우각시풀들

이 나라에 참으로 풀들의 이름은 많다

쑥부쟁이 엉겅퀴 달개비 개망초 냉이 족두리꽃

물곳이 앉은뱅이 도둑놈각시풀들

조선총독부 식물도감을 펼치니

구황식(救荒食)의 풀들만도 백오십여 가지다

쌀 일천만 섬을 긁어가도 *끄떡없는* 민족이라고

그것이 고려인의 기질이라고

나마무라 이시이가 '서문'에서 점잖게 게다짝을 끌고 나온다

(……)

햄이나 치즈나 버터나 인스턴트 식품이면

뭐나 줄줄이 외워대는 어린놈에게

어서 방학이 왔으면 싶다

우리 어머니는 아버지를 위해 센인바리(千人針)를 받으러

이 마을 저 마을 떠돌았듯이

나 또한 이 나라 산천을 떠돌며

어린것의 식물표본을 도와주고 싶다

(송수권, 「우리나라 풀이름 외기」 중에서, 『아도』, 창비)

정호승의 시에 나오는 수많은 풀꽃들은 이미지가 되기도 하고 시의 배경을 이루는 소도구가 되기도 한다. 정호승의 풀은 많은 경우에는 눈물의 풀이다. 그 슬픔은 두 박자의 리듬이 실려 있다.

봄이 가면 남쪽 나라 눈물꽃 피네

보리피리 불면 보리꽃 피고

까마귀 울어대면 감자꽃 피더니

봄은 가고 남쪽 나라 눈물꽃 피네
(정호승, 「눈물꽃」 중에서, 『서울의 예수』, 민음사)

그러나 정호승의 시집 중에서 더욱 읽을 만한 페이지는 그의 풀들이 눈물을 넘어서는 평화에 닿아 있는 부분들이다.

혁명이란 강아나 풀
봄눈 내리는 들판 같은 것이었을까
(정호승, 「개망초꽃」 중에서, 같은 책)

이제 날은 저물고
희망 하나가 사람들을 괴롭힌다.
(……)

풀잎 속에 낮게 낮게 몸을 낮추고
내가 일생을 다하여 슬퍼한 것은
아직 눈물이 남아 있어서가 아니라
아직 희망이 남아 있었기 때문이다.
(정호승, 「밤길에서」 중에서, 같은 책)

이들 시행에서 풀은 정호승의 풍부한 눈물 속에서 자라는 풀이 아니라, 사람의 건강한 가슴에서 자라는 풀이다.

김수영의 「풀」에서 바람과 풀과의 관계는 대항적인 것으로 나타나지만 하종오의 시에서 바람과 풀의 관계는 화해롭다. 제목을 먼저 골똘히 들여다보아야 이해되는 시가 있는데 하종오(河鍾五)의 「바람이랑 풀잎이랑」이 그런 시에 속한다.

> 네가 빈 들에 남아
> 씨뿌리는 사람들의 미래를 위하여
> 쉴 곳 잃어 우는 풀벌레를 달래고
> 이 세상의 땀을 모아 이슬을 만든다면
> (……)
> 나는 저문 산에 남아
> 사람들이 하지 못한 말들을 찾아내어
> 이 나라에 울어예는 바람소리로 간직했다가
> 골짝마다 산울림으로 가만가만 전하겠건만
> (하종오, 「바람이랑 풀잎이랑」 중에서, 『벼는 벼끼리 피는 피끼리』, 창비)

강은교(姜恩喬)의 「풀잎」은 그가 자신의 세계를 꾸준히 밀고 나가서 얻어낸 시적 결정이다. 그 풀잎은 명징한 정신으로 죽음을 들여다보고 있다.

아주 뒷날 부는 바람을

나는 알고 있어요.

아주 뒷날 눈비가

어느 집 창틀을 넘나드는지도.

늦도록 잠이 안 와

살(肉) 밖으로 나가 앉는 날이면

어쩌면 그렇게도 어김없이

울며 떠나는 당신들이 보여요.

누런 베수건 거머쥐고

닦아도 닦아도 지지 않는 피(血)를 닦으며

아, 하루나 이틀

해 저문 하늘을 우러르다 가네요.

알 수 있어요, 우린

땅 속에 다시 눕지 않아도.

(강은교, 「풀잎」 전문, 『풀잎』, 민음사)

시 집 기 행

시 집 기 행

나는 한 시집의 사회역사적 배경을 드러내 보이는 일과

그 시집의 마음에 접근하려는 노력을 나란히 하려 한다.

시사적으로 이미 확실한 위치를 차지한 시집들뿐 아니라,

오늘의 현실과 역사를 향한 절박한 목소리를 담은 시집들을 따라가려 한다.

아마도 이 글들이 그 전체로써 하나의 정연한 흐름을 그려내기는 어려울 것 같다.

그러나 한 시집에 대한 가치 있는 부속문서로 읽혀지기를 바란다.

작은 것들이 확실히 이루어지기를, 나는 빌고 있다.

원초적 신화와 형이상 세계의 접목

서정주 『질마재 신화』

청하출판사에서 일하는 장석주 원재길 두 시인이 날더러 '시집기행'이라는 연재물을 써달라고 했을 때, 나는 난감하였다. 나는 우선 편집자의 의도를 정확히 해독할 수 없었고, 그리고 무엇보다도 나 자신이 시에 대하여 본질적인 이야기를 정면으로 할 만한 오랜 훈련을 쌓지 못한 사람이기 때문이었다.

시에 대한 나의 이해는 나 자신의 사적인 생애의 체험이나 사유의 폭 안에 초라하게도 갇혀 있을 뿐이다. 그리고 시에 대한 모든 첨언이 마침내 무의미한 것이나 아닐런지―그런 방자한 의구심도 나에게 없는 것이 아니다.

편집자와 나는 아주 빈약한 원칙들에 합의했다. 그것은 우리들이 '중요하다'고 판단한 시집들에 대하여 거기에 얽힌 주변적이고도 지엽적인 정황들을 차근차근 주워모아보자는 것이었다. 그러나 지엽적인 것을 통하여 본질적인 것을 겨냥하고 싶은, 에디터십의 욕망이 사실 우리들에게 없지는 않다. 그러나 그런 결과가 현실적으로 나타나지 않는 한, 우리는 그같은 욕망에 대한 발설을 자제하지 않으면 안 된다. 독자들이 지엽적인 것의 하찮음보다도 그것을 끌어모으려는 노력을 긍정해주었으면 좋겠다. 우리는 한 시집의 사회역사적 배경을 드러내 보이는 일과 그 시집의 마음에 접근하는 노력을 나란히 하려 한다.

아마도 이 연재물이 그 전체로써 하나의 정연한 흐름을 그려내기는 어려울 것 같다. 그러나 우리는 이 연재물이 그 같은 흐름을 완성하지 못하더라도 한 시집에 대한 가치 있는 부속 문서로 읽혀지기를 바란다. 그리고 그런 노력의 결과로 시가 사람들의 삶과 마음에 한 중요한 일부가 되기를 바란다.

우리는 시사적으로 이미 확실한 위치를 차지한 시집들뿐 아니라, 오늘의 현실과 역사를 향한 절박한 목소리를 담은 시집들을 따라서 가려 한다. 작은 것이 확실히 이루어지기를 이 연재물을 시작하면서, 우리는 빌고 있다. 우리는 애쓸 것이다.

『질마재 신화』

산문의 어귀에서 사천왕과 그 부하들은 더러운 중생들의 숨통을 밟아 죽인다. 눈을 부릅뜬 그 장수들은 철퇴와 삼지 창을 휘두르며 갓 쓴 지식인들의 수염을 잡아 끌어 패대기를 치고, 말로 갈롱떨던 언설가들의 혀를 뽑고, 주판 퉁기던 장 사아치의 손목을 자르고, 군인을 죽이고 탐관오리를 죽이고, 주정뱅이, 도박꾼, 사기꾼, 난봉꾼, 게으름뱅이, 건달, 왈짜 들을 모조리 죽이고, 음란한 계집들의 치맛자락을 들쳐올리 고 밟아 죽인다. 죽이는 형국은 가혹하다. 삼지창으로 중생 들의 등을 찍어 몸통을 관통해버리거나, 더러워서 손도 대기 싫다는 듯이 뒷짐을 진 신장들은 중생들을 버러지 밟듯 발로 밟아 으깨버린다. 중생들은 으깨져버린 몸뚱어리의 국물 위 에서 뒹굴면서 혀를 빼물고 죽어간다. 이 더러운 중생들아, 너희가 감히 욕망과 더불어 이 산문을 통과하려느냐. 산문의 어귀는 중생의 피와 욕망이 으깨어진 즙으로 질퍽거린다.

전라북도 고창 선운사 어귀에서 신장이 한 음녀를 잡아 죽 이고 있다. 신장은 그 음녀의 치맛자락을 걷어올리고 허연 하체를 밟아 죽이려는 참인데, 참으로 희한하고도 절묘한 것 은 그 죽어가는 음녀의 두 눈이다. 음녀의 한쪽 눈은 고통과 두려움에 질려서 떨고 있지만, 또 다른 한쪽 눈은, 그 도덕적 분노에 가득 찬 사나운 신장을 홀리기 위하여 신장의 얼굴을 빤히 올려다보면서 샐샐 웃고 있다. 음녀는 그 벗겨진 하체에 신장의 눈길이 닿아주기를 바라고 있다. 우는 눈은 처절하고 웃는 눈은 간드러진다. 그 여자의 허연 하체가 그의 울음과 관련이 있는 것인지 웃음과 관련이 있는 것인지 구별하기 어렵다. 그 여자를 막 밟아 죽이려는 신장도 아마 그것을 구별하기는 어려우리라. 그 여자의 허연 하체는 죄의 이름으로 죄를 옹호하고 있고, 죄의 간절함으로 죄가 사면되기를 빌고 있고, 그 사면을 위하여 필사적으로 샐샐 웃고 있다.

중생은 중생의 편인지라, 나는 그 여자를 구출해서 어느 한적한 술집에 취직이라도 시켜주고 가끔씩 들러서 한 잔 마시고 싶었다. 나는 그 산문을 지나 선운사 대웅전으로 가서 부처에게 오체투지로 세 번 절하고 나서 빌었다. 세존이시여, 저 음녀의 허연 허벅지에 대한 인식의 새로움에 도달하지 못하는 한, 저 문간의 음녀와 모든 중생들은 방면하여 주소서. 나는 빌고 또 빌었다. 나는 절 뒷산 꼭대기의 암자 속에 계시는 고려 적의 부처님에게도 빌었고 거기 내려다보이는 일몰의 서해에게도 빌었다. 산에서 내려와 절 문을 나올 때, 나는 나의 기도에 대한 세존의 응답을 확인하기 위하여 다시 그 문간의 신장상을 들여다보았다. 세존은 그때까지도 그 중생들을 방면하지 않고 있었다. 중생들의 숨이 끊어진 것도 아니었다. 그들은 영원한 집행중이었다. 제기랄, 나는 약이 올랐다. 나는 음녀를 밟고 있는 그 신장의 사나운 두 눈 중에서 한쪽 눈알을 파내버리고 새로운 눈알을 만들어넣고 싶었다. 그의 발 밑에서 죽어가면서 샐샐 웃는 음녀의 눈동자에 응답하는, 게슴츠레하게 웃고 있는 새 눈알을 만들어서 그 신장의 눈에 박아주고, 그 눈알의 시선의 각도를 음녀의 허연 하체에 고정시켜놓고 싶었다. 밤늦게 여관으로 돌아와 나는 또 별수 없이 미당의 시들을 생각했다.

미당의 시들은 경험적 삶의 내용을 형이상학적 질서의 세계로 끌어올린다. 그의 시 속에서, 현실과 형이상학과의 교접은 능란하고도 자연스러운 것이어서, 어디까지가 현실이고 어디서부터가 형이상인지, 또는 현실에서 형이상으로 가는 길목과 거꾸로 형이상으로부터 현실로 가는 길목이 어떻게 교차되면서 뻗어가는 것인지 나는 잘 구별할 수가 없다. 나는 그런 구별을 단념한 채, "아조 할 수 없이 되면 고향을 생각하다"는 미당의 시행처럼 나 자신과 세상이 '아조 할 수 없이' 되어버린 것 같은 다 떨어진 저녁에 도리 없이 미당의 시를 읽으며 살아간다. 미당의 어떤 시를 마누라에게 읽어주면 그 시는 마누라의 바가지를 단 며칠 동안이라도 잠재우는 현실적 신통력도 있다.

꽃·바위·난초·벼락·뱀·구름이 나오는 미당의 초기 시들보다도 외할머니·할머니·어머니 그리고 이런저런 '사람'들이 나오는 미당의 시들은 경험적 삶의 내용과 형이상의 질서를 한 인간의 생명 속에서 조화롭게 공존시키고 있다. 그 시 속에서, 경험적 삶은 영원 또는 보편에로 고양되고 형이상은 삶의 육질 위에 두 발을 디디고 선다. 그 상승과 하강이 나에게 편안한 까닭은 그 형이상이 경험적 삶을 형이상 자신의 내용으로 삼고 있기 때문이고, 그것이 '사람'을 경유해서 드러나고 있기 때문일 것이다. 시집 『질마재 신화』가 미당의 가장 좋은 시집이라고는 말할 수 없을 테지만, 그 시집은 나에게 언제나 그런 편안함으로 다가온다.

할머니가 나오는 미당의 시들은 아래의 시들을 포함하여 여러 편이 있다. 인용하면,

1) 할머니는 단군 적 박달나무 신발을 신고
두루미 우는 손톱들을 가졌었나니…….
쑥 같고 마늘 같고 수숫대 같은
숨쉬는 걸 조금 때 가르쳐준 할머니는…….
(「할머니의 인상」 전문, 『미당 시전집 1』, 민음사)

2) 흉년의 봄 굶주림이 마을을 휩쓸어서 우리 식구들이 쑥

버물이에 밀껍질 남은 것을 으깨 넣어 익혀 먹고 앉았는 저녁이면 할머님은 우리를 달래시느라고 입만 남은 입 속을 열어 웃어 보이시면서 우리들 보고 알아들으라고 그 분의 더 심했던 대흉년의 경험을 말씀하셨습니다.

　"밀껍질이라도 아직은 좀 남았으니 부자 같구나. 을사년 무렵 어느 해 봄이던가, 나와 너의 할아버지는 이 쑥버물이에 아무 것도 곡기 넣을 게 없어서 못가리의 흙을 집어다 넣어 끄니를 에우기도 했었느니라. 그래도 우리는 씻나락까지는 먹어치우지는 안했다. 새 가을 새 추수를 기대려본 것이지……. 그런데 요샛것들은 기대릴 줄을 모른다. 씻나락도 먹어 치우는 것들이 있으니, 그것들이 그리 살다 죽으면 귀신도 그때는 씻나락 까먹는 소리를 낼 것이고, 그런 귀신 섬기는 새 것들이 나와 늘면 어찌 될 것인고……."

(「대흉년」 전문)

　3) 외할머니네 집 뒤안에는 장판지 두 장만큼한 먹오딧빛 툇마루가 깔려 있습니다. 이 툇마루는 외할머니의 손때와 그네 딸들의 손때로 날이날마닥 칠해져온 것이라 하니 내 어머니의 처녀 때의 손때도 꽤나 많이는 묻어 있을 것입니다마는, 그러나 그것은 하도나 많이 문질러서 인제는 이미 때가 아니라, 한 개의 거울로 번질번질 닦이어져 어린 내 얼굴을 들이

비칩니다.

그래, 나는 어머니한테 꾸지람을 되게 들어 따로 어디 갈 곳이 없이 된 날은, 이 외할머니네 때거울 툇마루를 찾아와, 외할머니가 장독대 옆 뽕나무에서 따다 주는 오디 열매를 약으로 먹어 숨을 바로 합니다. 외할머니의 얼굴과 내 얼굴이 나란히 비치어 있는 툇마루에까지는 어머니도 그네 꾸지람을 가지고 올 수 없기 때문입니다.

「외할머니의 뒤안 툇마루」 전문)

4) 바닷물이 넘쳐서 개울을 타고 올라와서 삼대 울타리 틈으로 새어 옥수수밭 속을 지나서 마당에 흥건히 고이는 날이 우리 외할머니네 집에는 있었습니다. 이런 날 나는 망둥이 새우 새끼를 거기서 찾노라고 이빨 속까지 너무나 기쁜 종달새 새끼 소리가 다 되어 알발로 낄낄거리며 쫓아다녔습니다만, 항시 누에가 실을 뽑듯이 나만 보면 옛날이야기만 무진장 하시던 외할머니는, 이때에는 웬일인지 한마디도 말을 않고 벌써 많이 늙은 얼굴이 엷은 노을빛처럼 불그레해져 바다 쪽만 멍하니 넘어다보고 서 있었습니다.

그때에는 왜 그러시는지 나는 아직 미처 몰랐습니다만, 그분이 돌아가신 인제는 그 이유를 간신히 알긴 알 것 같습니다. 우리 외할아버지는 배를 타고 먼 바다로 고기잡이 다니시던 어부로, 내가 생겨나기 전 어느 해 겨울의 모진 바람에 어느 바다에선지 휘말려 빠져버리곤 영영 돌아오지 못한 채로 있는 것이라 하니, 아마 외할머니는 그 남편의 바닷물이 자기 집 마당에 몰려 들어오는 것을 보고 그렇게 말도 못 하고 얼굴만 붉어져 있었던 것이겠지요.

(「해일」 전문)

1)번 시 속의 할머니는 단군 신시로부터 지금까지 이어지는 몸냄새를 간직한 할머니다. 그 할머니는 "숨쉬는 걸 조금 때 가르쳐준 할머니"이다. 2)번 할머니는 흉년이 들어서 굶어도 씨나락을 까먹을 수 없다는 존명의 철리를 손자에게 가르치는 할머니다. 이 두 할머니는 역사의 답지자로서의 할머니다.

3)번 할머니는 손자를 엄마의 매로부터 보호해주는 불가침의 지성소(툇마루)를 확보한 할머니이고, 4)번 할머니는 해일이 나서 바닷물이 마당으로 쳐들어올 때 바다에 빠져 죽은 남편의 혼백과 만나는 첫사랑의 할머니다.

3)번 할머니와 4)번 할머니는 미당이 제목에서 밝혀놓았듯이 분명히 외할머니이고 1)번 할머니는 외할머니인지 친할머니인지 미당은 밝혀놓지 않았지만 그 몸 냄새는 어쩐지 친할머니의 몸 냄새가 아닐까 싶다. 할머니는 아버지의 어머

니일 수도 있고, 어머니의 어머니일 수도 있다. 아버지를 낳은 늙은 여자와 어머니를 낳은 늙은 여자의 몸 냄새를 어린 손자는 아마도 분명히 식별하고 있는 것 같다. 친할머니는 삶과 역사에 규율을 세우고, 외할머니는 그 규율로부터 해방되는 낙원을 간직하고 있다. 모든 늙은 여자는 외할머니인 동시에 친할머니다. 시 속의 그 어린 손자는 세계에 규율을 세우는 할머니 또는 생명의 영원성에 대하여 책임을 져야 하는 할머니와 그 규율로부터 인간을 해방시켜주는 할머니의 몸 냄새를 식별하면서도, 그 두 할머니를 종합하고 있다. 그 할머니는 아버지의 어머니인 동시에 어머니의 어머니다.

선운사 부처님으로부터 아무런 응답도 받아내지 못하고 여관방으로 돌아온 나는, 부시럭거리는 비닐 호청 요 위에서 몸을 뒤척이면서 미당을 생각했다. 나는 미당에게 죄 많은 음녀를 짓밟고 있는 그 신장의 눈구멍을 시로써 좀 어떻게 해달라고 부탁하고 싶었다.

얼마 전에 나는 봉직하고 있는 회사의 일로 질마재(전북 고창군 부안면 선운리 옆동네)에 갔다가 이 '외할머니'의 집을 보았다. 미당 연배의 질마재 노인들이 '그 시인네 외갓댁'이라며 안내해준 그 집은 질마재 네거리 '경운기가 교차할 정도의 농로'에서 바닷가 쪽으로 달랑 혼자 나앉은 오막살이 초가집이었다.

주인은 여러 번 바뀌었지만 한 번도 손을 대지 않아서 옛 모습 그대로라고 마을의 어른들은 말했다. 눈물송이 같은 버섯의 초가집이었다. 쌀 뒤주 만한 방 두 칸은 흙벽이 드러나 있었고, 그 끝에 흙으로 부뚜막을 빚은 부엌 한 칸이 딸려 있었다. 처마가 흘러내려 그 끝이 땅에 닿을 듯했다. 건넛방 앞으로 땟국에 전 툇마루가 놓여 있었다. 어른 한 명이 누우면 꽉 찰 정도의 작은 툇마루였다. 시 속에 나오는 '장판지 두 장 만큼 한 먹오딧빛 툇마루' 였다. 미당의 어머니의 처녀 적 손때와 외할머니의 손때가 묻어 있는 툇마루였다. 미당의 생가는 이 외갓집에서 질마재 네거리를 건너간 산 아래 있었다. 어머니에게 꾸지람을 듣는 아이가 어머니의 매를 피해 이 외갓집까지 달려오려면 한 십여 분 걸릴 것이었다. '어머니' 의 어린 시절과 '나' 그리고 '외할머니' 의 모습이 함께 비치는 이 때거울 툇마루까지는 "어머니도 그네 꾸지람을 가지고 올 수 없었"다고 미당은 적었다.

그 툇마루는 지금도 사람의 얼굴이 비칠 정도로 때에 절어 있었다.

땟국 위를 걸레로 하도 문질러서 반들반들 윤이 나고 있었다. 이 때거울이 어째서 낙원일 수 있는가. 그것은 아마도 외할머니와 어머니로 이어져 내려온 손때의 역사성과 그 손때의 주인공들이 모두 여성이라는 사실, 그리고 거기에 '나' 의 모습이 '비친다'는 감각적 현실과 관련이 있을 것이다. 미당은 그 여성 혈육들 속에 규율과 자유, 현실과 형이상을 동시에 설정함으로써 '아버지'를 경유하지 않고서도 편안하게 낙원과 역사성에 도달할 수 있었던 것 같다. 미당의 할머니는 외할머니인 동시에 친할머니이다.

질마재의 노인들은 미당의 『질마재 신화』에 나오는 이야기들—오줌 줄기가 뜨거운 이생원네 마누라, 마른 명태를 잘도 뜯어먹는 눈들 영감, 애 못 낳는 한물댁, 소하고 ×한 놈 같은 인물들의 이야기를 꺼내자, 이 빠진 잇몸을 드러내며 깔깔 웃었다.

"아, 그렇지, 그런 예팬네가 있었어. 요 윗마을에서 시집온 예팬네였지"라면서, 노인들은 그 인물들이 그 후 어떻게 살다가 어떻게 죽었는지까지도 기억하고 있었다.

질마재 마을에서 나는 신화 또는 형이상의 세계가 가난하고 때로는 비속하기도 한 현실의 삶과 도대체 어떻게 접목하는 것인지에 관해서 아주 조금은 알 수 있을 것 같았다. 지금도 거미처럼 까맣게 늙은 채 살아 있는 질마재 노인들의 그 웃음은 참으로 행복한 가가대소였다. 노인들은 마룻바닥을 치며 웃었다. 그들이 시인이 아니기 때문에 그들의 생애와 무의식의 심연에 육화된 신화의 세계를 언어 위에 실어내지는 못하는 것이지만, 그들의 웃음은 그 신화의 세계를 넉넉하게 긍정하고 있었다. 그들은 한국인이었고, 질마재는 아무런 중뿔난 돌출성도 갖지 못하는, 가장 평범하고도 보편적인 한국의 농촌이었다. 그 마을의 삶 위에 건설되는 신화는 땅 위에서의 생명을 영원성으로 끌고 가는 것이며, 현실의 고난 속에 고유하게 내재하는 원초적인 신화에 의하여 새로운 형이상의 세계와 접목되고, 그 접목이 인간들의 생애 속에서 살아 있는 웃음으로 실현되는 행복한 통합을 나는 질마재에서 보았다.

언어에 매달려 있는 나는 『질마재 신화』에 나오는 '비치다'라는 단어에 의하여 오랫동안 시달리고 있었다. 누워서 몸을 뒤척일 때마다 여관방의 비닐 호청 요가 버스럭거렸다. 비닐 위에서의 잠과 꿈. 여관방 담벼락에는 2인 1실에 9천 원이라는 요금표와 지명 수배자 명단과 간첩을 신고하는 전화번호가 붙어 있었다.

'비친다'라는 것은 무엇인가. 때거울 툇마루에 외할머니와 손자의 얼굴이 비치고, 똥 오줌을 담은 소망통 속에 하늘의 해와 달과 별이 비친다. 아마도 그 '비침'은 역사성 또는 영원성이 인간의 삶과 의식 속에 투영됨으로써 현실 속의 인간으로 하여금 낙원을 끝끝내 상실치 않게 해주는 어떤 신화적 작용이 아닐까. 그 신화 속에서, 짐승을 사랑해서 ×를 한 목동과 밥을 빌어먹는 거렁뱅이들도 성인이나 신선이 될 수 있다. 질마재는 미당과 그 선대들의 오랜 고향이었다.『질마재 신화』는 미당 개인이 포착해낸 공동체의 신화일 것이다. 그 시들은 개인이 형상화해낸 공동체의 노래와도 같다. 선운사의 부처님이 나의 간곡한 기도를 들어주지는 않았지만, 질마재 여관방 비닐 호청 위에서 나는 그 음녀와 더불어, 마을의 노인들과 더불어 그리고『질마재 신화』와 더불어 끝까지 불행하지는 않았다. 아직도 '아조 할 수 없이' 되지는 않은 모양이다.

'버림받은 자들의 통곡'을 성찰

신경림 『가난한 사랑노래』

신경림(申庚林) 시집 『가난한 사랑노래』가 실천문학사 (1988년)에서 나왔다. 신경림의 시들은, 버림받고 내쫓긴 자들과 밟히고 빼앗기는 자들의 눈물과 통곡을 우선 눈물로써 온전히 간직하려는 노력과 그 온전한 간직함을 통하여 그 눈물과 통곡에 지향성을 부여하는 시적 성취를 함께 이루어 낸다.

견딜 수 없는 세계를 견딜 수밖에 없는 사람들이 그 견딜 수 없는 세계를 향하여 '우리 승리하리라'고 외칠 때 그 '우리'들의 마음속에는 승리에 대한 확신만이 가득 차 있는 것이 아니라, 또다른 패배와 밟힘이 기다리고 있을지도 모른다는 절망과 통곡, 두려움과 질림이 함께 자리잡고 있다는 것을 그의 어떤 시편들은 고백하고 있다.

신경림의 눈물이 지향하고 있는 곳은 이념화된 미래는 아니다. 그 눈물의 지향성은, 그의 시 속에서 극도로 억제되어 있거나 감추어져 있는 것인데, 그것은 아마도 함께 살기, 나누기, 빼앗지 않기, 때리지 않기, 설치지 않기 같은 소박함으로 표현될 수 있을 순결한 미래일 것이다.

신경림은 눈물, 통곡, 비겁함, 절망감, 버림받은 자의 자기 증오 들을 모두 떨쳐버리고 그곳으로 가는 것이 아니라, 그것들을 면밀히 성찰하고 빠짐없이 챙겨서 모두 거느리고 그곳으로 간다. 그의 지향성의 행보는 매우 더디고, 때로는 그의 시 「씻김굿」의 원혼처럼 결코 해원될 수 없는 팔다리잘림으로 뒹굴며 발버둥칠 뿐이지만, 그가 가는 느린 지향성의 길은 함부로 전진하지 않는 것, 함부로 승천하거나 씻김받지 않고, 울면서 이를 갈면서 제자리에서 뒹구는 것이 오히려 진실된 아름다움과 힘이라는 것을 보여주는 길이다.

그리고 그 느린 짤막한 단시들은 서사적 충동을 간직하고 있다(유종호 교수의 발문 중에서). 그 서사적 충동은 극도로 억제되면서 짤막한 데생으로 바뀌는데, 이 억제된 두어 줄의 데생은 그의 가장 좋은 시들의 도입부를 이루고 있다. 비 내리는 산동네, 협궤열차가 지나가는 군자역, 버림받는 산골마을이나 농촌풍경을 불과 두어 줄의 냉엄한 데생으로 그려내는 그의 시행들은, 한없이 이야기하고 싶은 충동을 모두 버리고 그 형태만을 건져놓는다.

그의 데생은 주관적 정서를 모두 내버린 모습을 하고 있지만, 그 데생은 치밀어오르는 주관적 정서에 의하여 선택되고, 그리고 다시 억제된 것이다. 그는 자신의 주관적 정서를 독자에게 전하려는 의도를 완벽하게도 감추고 있지만, 그의 두어 줄의 데생으로 독자는 그가 보여주는 정서에 이입될 수밖에 없다. 그 정서이입의 내용은 버려진 삶의 울분, 한없는 답답함, 막막함, 이래서는 안 되겠다는 안타까움 등일 터인데, 그의 시는 단지 풍경에 대한 두어 줄의 데생만으로 그 답답함과 막막함을 전하고 있다.

민요에 대한 그의 오랜 천착은 그의 시의 형태와 내용에 의미 있는 흔적을 남기고 있다. 민요의 형태가 4·4조 또는 3·4조라고 말해보아도 민요에 대하여 아무것도 말한 것이 아니다. 시인의 세상보기와 세상 받아들이기, 그리고 그것을 형태화하는 과정을 흥얼거리는 듯한 민요의 가락에 자연스럽게 의탁하면서, 동시대의 현실에 대하여 문학적으로 유효한 민요가락을 만들어내는 그의 마음에 대하여 그 자신에게 물어보아도 잘 설명하지 못한다. "민요에 의탁할 때, 정치한 사고나 섬세한 의식을 드러내 보이기가 어려울 것이 아닌가"라고 묻자 그는 "나는 처음에는 그런 실수를 범하기도 했다.

그러나 나 자신이 민요에 폭 젖어든 후에는 그런 실수를 넘어설 수 있었다"라고 말했다.

무형의 관념을 유형의 언어로

박제천 『장자시(莊子詩)』

　박제천(朴堤千) 시집 『장자시』 두 권이 문학사상사(1988년)에서 나왔다. 이 시집은 수년 전 자비출판으로 간행되었으나 흐지부지 없어져버린 것을 새 시편들을 보완해서 복판한 것이다.

　문학이나 또는 그 밖의 언설(言說) 행위에 있어서 관념이나 관념적 표현을 폄하하는 것이 진보적인 명석함으로 통용되는 세상에서 박제천의 시들은 상상력 위에 올라탄 관념의 질주를 보여준다. 그 시들은, 박제천이 서문에서 밝혔듯이 장자에 대한 그의 한 평생의 몰입에 의하여 씌어진 것이다. 그의 몰입의 주된 내용은 꿈과 자유, 그리고 꿈과 자유에로 가지 못하는 얽매인 자아에 대한 고백이다.

사마천에 따르면, 장자는 그와 동시대의 설객들 중에서 공자를 가장 철저하게 경멸하였다. 유랑하는 지식인 식객의 무리를 이끌고 다니면서 고작 손바닥만한 '천하'를 근심하고, 인의로써 인간을 부자유에 얽어매고, 언어에 집착하는 공자의 무리를 장자는 웃었다.

　공자의 '천하'는 그 위에 정치질서를 건설하기 위한 밭일 테지만 장자의 '자연'은 정치질서 따위가 범접하지 못할 절대자유의 관념세계이고, 그 관념세계가 장자에게는 곧 '현실'이었다. 그러므로 장자의 '자연'은 인간과 구별되는 객관적 외계를 지칭하는 명사가 아니라, 인간의 정신인 스스로 존재하는 모습을 그려내는 형용사일 터이고, 그 '자연'이라는 형용사가 실체로 삼고 있는 것은 '자유'이다.

　장자의 마음속에서는 언어야말로 그 자유에로의 길목을 차단하는 장애물인데, 장자가 말을 엮어서 저서를 남긴 것과 박제천이 '장자시'를 쓰는 것에는 말을 쓰고 사는 인간의 근원적인 불쌍함이 스며들어 있다. 우리는 말을 버려야 한다는 장자의 꿈에 동의하면서도 말을 버릴 수 없다는 중생의 운명에 승복할 수밖에 없다. 박제천의 시쓰기는 말을 버릴 수 없는 운명과의 타협이고, 말이 거의 버려지는 아슬아슬한 접점에서 그러나 말을 버리지 않기 위한 마지막 방편일 것이다. 그리고 그 힘든 타협의 과정에서 박제천의 시들은 매우 화려 한 말의 무늬를 이룬다.

　대체로 말해서 박제천은 장자의 정치의식을 시로써 겨냥하는 것이 아니라 장자의 호랑나비꿈(胡蝶夢)의 세계를 겨냥하고 있는 것 같다. 그의 시집 속에 들어 있는「장자시」서른세 편은, 관념 속에서 재편성되고 말 위에서 주름잡혀지는 우주의 새로운 무늬들이다. 그것은 호랑나비의 꿈이다. 그가 그 꿈에서 깨어나서 또다른 꿈(=현실) 속으로 들어왔을 때 그는 쓰라린 속박과 꿈을 꾸고 싶다는 또다른 꿈을 노래한다. 그는 그 속박을 벗어나기 위해 무엇인가를 향하여 '기도'를 드리기도 하지만 그 '기도'야말로 노예의 것이며 기도로써 아무것도 이룰 수 없다는 것도 그는 알고 있다.

　나의 삶은 지치지 않는다 (……) 나는 갇혀서 그렇다 비로소 나는 깨닫는다 소리소리 외쳐도 날이 선 도끼를 휘둘러도 떠날 수 없다 주어진 삶을 두 손에 받들고 헤매어도 끝나지 않는다 나의 삶을 머리에 이고 지팡이에 의지한 백발이 하나 등신대(等身大)의 거울에 새겨진다.
　(「허수아비가(歌)」 중에서)

　그의 시들은 때로는 관념어의 생경한 돌출이나 관념이 과장된 표현으로 나타나는 경우도 있지만 그의 자유로운 상상력이 그것들을 잘 덮어주고 있다. 박제천은 지금 장자를 떠나서 「노자시(老子詩)」를 쓰고 있다.

'폭력의 상처' 언어 힘으로 표출

임동확 『매장시편』

　새 시인 임동확(林東確, 28)의 첫 시집 『매장시편』이 민음사(1987년)에서 나왔다. 이 시집은 80년 5월을 광주에서 살아남은 한 젊은 시인의 내면 성찰의 기록이다. 광주 이후에 씌어지는 수많은 시들은 차마 입에 담지 못할 그 일들을 입에 담아가면서 그 위에 문학과 역사의 미래를 세우려는 노력으로 치닫고 있지만 이 젊은 시인은 그런 크고 어려운 길로 나서기 전에 우선 광주를 개인의 내면 공간 속에 차곡차곡 쟁여가면서, 그 내면 공간을 드러내 보이거나 상처를 성찰하고 있다.

　대체로 그의 시들 속에서는 세계의 기초를 이루는 폭력의 모습과 그 세상을 받아들여야 하는 상처를 언어의 힘으로 표출해내려는 노력이 강하게 느껴진다.

　현실의 고통과 절망을 나의 사적 공간 속에서 성실하게 내면화하는 것이 그 절망을 사회적으로 공유하는 발판이라는 생각이 이 젊은 시인의 시 속에, 주장이 아니라 시로써 나타나 있고, 그가 자서에서 내세운 "내가 나일 때 나는 너이다"라는 철학적 명제 속에 요약되어 있다. 그의 이같은 시쓰기 태도는 그의 문장에 명상적 아름다움의 진지함과 힘을 주고 있다.

　이 명상적 진지함 때문에 그의 시는 현실을 "간접적으로 그리고 무언가 불분명하게"(김우창 교수) 말할 수밖에 없는 몽롱함을 완전히 떨쳐버리지 못하는 것이 아닌가 싶기도 하다.

　임동확의 시들은 그 명상적 문체 또는 말로 표현할 수 없는 침묵을 바탕에 깔고 있다는 점에서 아우슈비츠 이후에 씌어진 파울 첼란(Paul Celan)의 시들을 연상케 한다. 그의 시 속에 나타난 그의 마음의 바탕은 '쫓겨남'이다. 80년 5월의 폭력에 의하여 이 젊은이는 문명과 역사로부터 그리고 인간이라는 부름에 값하는 모든 가치로부터 쫓겨났다.

　그의 시에 자주 나오는 '낙타' '천막' '목초지' 같은 유목민의 시어나 또는 떠돌던 시절의 유태민족적인 정서들은 대체로 그같은 '쫓겨남'의 정서를 구체화하는 데 기여하고 있다. '떠돌기'는 쫓겨난 자의 불가피한 운명이겠지만, 이 젊은 시인의 '유랑'은 초월적 자유나 평화를 향한 떠돌기라기보다는 현실적 탈환과 수복을 향한 마음의 자리를 확보하려는 유랑이다.

그 초월적 자유나 평화를 그리워하는 그리움은 그의 시 속에서 "가다가 발걸음이 멈춘 곳, 편치 않은 바윗돌의 쉼터, 활엽수 그늘에 앉아, 모두가 생각해낸 최후 진술은, 살고 싶다고 시작해서, 끝내는 저 들풀처럼 지고 싶다는 것이었다"처럼, 절망의 허무주의로 나타나기도 하지만 그가 가장 힘들여 말하는 대목은 쫓겨난 세계, 다시 탈환해야 할 세계의 가장자리에 언어로서 '유랑민처럼 다시 낡은 천막을 치고' 새로운 진지를 구축하는 일이다. 그 낡은 천막의 진지에서는, 그는 역사에 대하여 '꿈꾸는 것과 침묵하는 일만 남았다……'라고밖에 말할 수 없다.

희망을 말하기 이전에 그는 절망을 절망으로서 온전히 간직하려 한다. 거기에서의 시간은 '헤매본 자만이 아는 짐승의 시간'이고, '객관의 거리를 확보한 자의 기도'나 '피묻은 흰 손으로 바치는 꽃타래'와 '능숙하고 매끄러운 문장의 조사'가 거부되는 시간이다.

임동확의 시들은 절망을 확인하는 정직한 노력을 힘으로 삼는다. 그는 미래의 희망에 대해서는, 매우 작고 여린 부분만을 간신히 말하고 있다.

그러나 그가 말하려는 그 여린 희망의 싹들은, 이데올로기에 의해 도식화된 희망이 아니라, 인간의 상처로부터 스스로 돋아나오는 희망의 싹이다. 임동확은 1956년 전남 광산에서 태어나 전남대 국문과를 졸업했고, 80년 5월에는 "무서워서 방구석에 엎드려 있었다."

신 없는 사제의 춤

하재봉 『안개와 불』

어떤 시인의 시는 시집 한 권을 모두 읽어야 비로소 개별적 시편들의 모습과 자리가 확연히 드러나는 경우가 있는데, 하재봉(河在鳳)의 시가 그러하다. 하재봉의 시편들은 서로가 서로를 받쳐주기도 하고 엉켜들기도 하고 서로 삼투하거나 혹은 배척하면서 밀교의 만다라와도 같은 하나의 특이한 세계를 이룬다. 하재봉의 만다라 속에서는 세상의 벌판 위에 어떠한 문명도 세워진 일이 없고, 삶의 의미에 도달하려는 인간의 복받침은 응답없이 저무는 강가에 버려져 있다. 그의 만다라 속에서는, 시간의 미립자들이 서로 엉켜들어 의미 있는 지속을 이루지 못하고, 반죽되지 않는 사금파리로 흩어져 있다. 흩어져 멸렬하는 사금파리의 시간 위에서 삶이란 한갓 복받침이고 시간은 귀순하지 않는 사금파리로 흩어져 있다. 귀순하지 않는 시간의 안개는 신기루처럼 바람에 밀려가고 밀려온다. 하재봉의 시들은, 그 멸렬하는 시간의 사금파리에 쓸리우는 생명의 모습과 그 시간의 사금파리들을 반추해서 일련의 의미있는 흐름을 엮어내려는―즉 시간 위에서의 삶과 땅 위에서의 삶을 위한 기초공사에 착공하는 인간의 내면의 모습을 보여주고 있다. 그 내면의 모습이란 비논리적이고 충동적이며 때로는 환상적이다. 그것은 화가가 물감을 이겨 놓은 것 같아서, 남의 첨언에 의하여 잘 설명되는 것은 아니다. 그러나 틀에 의지하지 않고서는 한 자도 끄적거릴 수가 없는 나는 하재봉의 시에 자주 나오는 '강'과 '시간' 또는 시의 화자로서의 '나'에 기대어가며 그의 시집에 대한 나의 독후감에 어떤 틀을 세우려 한다. 그러나 나는 그 시집 속에 나오는 '강'과 '시간', '나'에 대하여 논리적 분석을 가할 계획이 없다. 나는 단지 그것들이 나에게 부딪쳐 깨어져나간 내 마음의 파편들을 주워모으려 한다.

1. 강

잊어버렸다 생각날 쯤에 바람은 불고
아버지 키만한 둑 위에서

누이는 수수러지는 치마를 한 손으로 덮어버렸다. 그때 나
는 보았다.
　내륙의 더운 가슴을 지나 강물이
　처음 바다와 만나는 것을
　(「첫사랑」 중에서, 『안개와 불』, 민음사)

　다시 돌아오지 않네 그날
　나와 함께 살을 적셨던 부끄러운
　노을의 첫 순결도
　고개 비뚤며 딴전 피우는 갈대밭
　소금기 적은 바람도 이제는
　만나볼 수 없네 붉은 저녁의 강
　(「저녁 강」 중에서)

　스스로의 무게로 가라앉는 돌처럼
　물 깊숙이 너를 가라앉힌다. 들꽃들은
　저녁 강 위에 한 떨기 노을로 피어오르고 이제
　무엇이 남아 이 강을 홀로 흐르게 할까
　(「저녁 강」 중에서)

하재봉의 시 속에서 흐르는 것들은 아득하고 난감하다. 흐

르는 것들 앞에서 그는 두 가지 모순된 꿈에 시달린다. 흐르는 것과 하나되어 세계의 모든 구비침과 흔들림을 지나서 그 세계가 또다른 세계와 닿는 곳으로 흘러내리고 싶은 욕망과 흐르는 것들을 가로질러 건너가 그 대안(對岸)에 닿고 싶은 욕망이다. 하류의 끝까지 출렁거리며 가고 싶은 욕망은 살아가기, 나이먹기, 참기, 시달리기, 꿈깨기 또는 그것들의 종합으로써의 종국적인 평화를 모두 챙기고 싶은 욕망이고, 대안으로 가고 싶은 욕망은 초월, 혁명, 또는 세상 버리기, 갑자기 깨닫기와 같은 턱없이 간절한 욕망들이다. 흐르는 것들 앞에서 우리가 그 두 가지 꿈 사이에 찡기어 흘러가지도 건너가지도 못할 때, 흐르는 것들은 저 혼자 흘러가고 우리는 여전히 흐르는 것들의 이편 기슭에 남는다.

「첫사랑」은 그의 유년의 상흔 위에서 씌어진 시인 것 같다. 시의 표면에 드러난 그 상흔은 우선 가난, 상실, 어머니 없는 세상에서 살아가기 같은 것들이지만, 그 상흔들은 인간화되지 않는 세계에 불어오는 낯선 '바람'이나 또는 그 낯선 세계의 하늘에 인간과는 무관하게 박혀 있는 '별'을 배경으로 하고 있다. 누이에 대한 근친상간의 충동이나 샤머니즘에의 몰입은 그런 상실과 낯설음의 세계에서 인간이 기댈 수 있는 마지막 언덕이거나 죄 많고 아늑한 밀교의 요람일 테지만, 그 시는 '강물'에 의지해서, 근친상간이나 샤머니즘을 아슬

아슬하게 비켜가고 있다. "그때 나는 보았다/내륙의 더운 가슴을 지나 강물이/처음 바다와 만나는 것"으로 끝나는 마지막 3행은, 다소 난데없다는 느낌을 주기도 하지만, 샤머니즘의 아늑함 위에 삶은 세워질 수 없다는 인식을 강력하게 환기시킨다. 괴로운 세계를 신선하게 바라보는 유년의 시선은 설레이고 있다.

「첫사랑」의 강물은 인간과 함께 세상의 구비침을 휘돌아서 흘러내려야 할 강이지만, 「저녁 강」(같은 제목의 시가 두 편 있다)의 강은 인간으로부터 소외된 시간과 공간 속을 흐르는, 차가운 잿빛의 강이다. 그 강이 인간으로부터 소외된 까닭은 시인이 그 강가에서 대안을 바라보고 있기 때문이다. 저쪽 대안은 초월일 수도 있지만 죽음일 수 있고, 사랑일 수도 있지만 단절일 수도 있다. 시간의 수많은 미립자들이 그 강물 위에 떠서 흘러간다. 그것들은 강변에 존재하는 것들(나무, 인간 또는 풍광)을 단지 그 위에 비출 뿐 더불어 함께 가지 않는다. "나무들이 물속으로 걸어와 몸을 눕히"고 강의 대안으로부터는 사랑의 희미한 환영을 실은 바람이 불어온다. 강은 홀로 흐르고, 대안을 응시하는 인간은 강의 이쪽 기슭에 남는다. 그 강가에서의 자유란 얼마나 난감한 것이랴.

2. 시간

내가 만일 이 별에서 다른 별로 성큼

건너뛸 수만 있다면

시간의 캄캄한 등뒤로 물러서서

어느 누구도 엿볼 수 없는 꿈을 꿀 수만 있다면

(「시간의 춤」 중에서)

저 산맥 속에 잠자는 숱한 날을 꺼내

이슬무덤 그득한 네 나라를 다스리겠다.

(……)

아직도 거처없이 모래와 열병만이 사는 사막을 헤매고 있을

발목 잘린 바람의 무리들을 손짓하여

그 끝없었던 네 나라, 이름모를 눈물을 불사르겠다.

(「안개와 불」 중에서)

나는 시간에 관한 하재봉의 시들을 읽으면서, 짐승들의 내면을 생각했다. 짐승들의 마음의 호롱불은 두꺼운 지층의 맨 밑바닥에 깔려 있다. 그 호롱불이 마주 대하고 있는 시간은 역사나 문명으로서의 시간이 아니다. 그것들은 아직 태어나지 않은 시간의 태아들이다. 짐승들이, 그들의 종족이 살아

온 시간으로부터 아무것도 전수받지 못하고, 저 한 마리의 빈손으로 태초부터 다시 살아내야 하듯이, 그 희미한 호롱불은 혼자서 세계를 마주 대하고 있다. 하재봉의 시들은 그 호롱불 곁에서, 세계의 시간으로부터 풀려나서 자진해버리고 싶은 소승(小乘)의 쓸쓸한 아늑함과, 그 두터운 지층을 뚫고 나와 세계의 벌판 위에서 출렁거리는 흐름을 이루려는 열망 사이를 퍼덕거리며 날아서 오고 간다. 아늑한 자진과 출렁거리는 흐름 사이의 거리는 멀다. 하재봉은 신화의 세계에 의지해서 그 아득한 먼 두 개의 이질적 시간 사이의 거리를 건너간다. 그의 시를 가득 메우고 있는 신화적 진술들은 그가 그 두 개의 이질적 시간들을 하나로 묶어내려는 데서 비롯된다. 자궁 속에 하나의 호롱불로 가물거리고 있는 시원의 시간과 세계의 벌판을 흐르는 시간이 합일을 이루어 빚어내는 어떤 새로운 시간이 하재봉의 시가 추구하는 시간이다. 대체로 그의 시들은 그 합일된 시간의 따스함이나 비옥함을 노래하기보다는 거기에 도달하려는 또는 도달하지 못하는 유폐된 자의 고통을 노래하고 있다.

「가자, 흰말을 타고」 같은 시편도 매우 신화적인 구도를 가지고 있는 시인데, 하재봉은 그 시에서 세상의 시간을 향하여 진입하지 못하는 한 격리된 자아의 내면이나 세계의 설명될 수 없는 적의에 관하여 말하고 있다.

하재봉이 짜나가는 신화의 세계에서는, 땅 밑으로 강이 흐르고, 그 강가에 배열된 존재들(나무, 인간, 풀잎 들)이 그 강물 위에 비치고 하늘에는 이글거리는 태양이 걸려 있어 땅위의 모든 것을 태운다. 지층 밑에 깔린 인간은, 가물거리는 호롱불 하나 키워가면서, 세계의 시간과 합일될 것을 꿈꾸고, 다시 세계를 뛰어넘어서 태양의 크고 정의로운 권력에 도달할 것을 꿈꾼다. 그것은 신 없는 신화이고, 시간의 내용을 혁명하려는 자의 신화이며, 인간으로 환생하려는 짐승의 신화이다. 나는 맨 앞에 인용한 「시간의 춤」이라는 시에서, 그 유폐되고 격절된 자의 내밀한 시간을 읽었고, 「안개와 불」이라는 시 속에서 새로운 권력을 지향해서 분출하려는 시간을 읽을 수 있었다. 그러나 하재봉의 시 속에서 그 두 가지 시간은 서로 긴밀히 교접하면서, 삼투하고 있다. 나는 논리적으로 설명되지 않는, 이 교접과 삼투의 오고감 속에 삶의 정직한 육질 하나가 담겨 있는 것으로 느꼈다.

3. 나

하재봉의 많은 시편들은 일인칭 화자 '나'의 진술이다. 이 '나'는 많은 경우에, 아직 형성되지 않은 '나'이고, '나'에 도달하지 못한 '나'이며, 역사로서의 시간을 그리워하지만,

그것에 도달하지 못한 '나'이며, '나'의 태아이며, '나'의 원료이다. 그 '나'는 규정하기 어려운 무질서와 혼돈 속에 처해 있고, 세계의 가장자리에 '웅크리고 앉아서', 저 난해한 세계의 펼쳐짐을 응시하고 있다. 문명이 세계를 양식화하기 이전에, 또는 세계가 세계사로부터 자유로웠던 시간에, 어떤 홍적세의 동굴 안에 들어앉아 있을 한 이교사제의 모습이 그 '나'의 외양이다. 이 이교(異敎) 사제는 홍적세의 동굴에 앉아서, 세계와 시간을 자기화하려는 크고 난감한 꿈을 감히 간직하고 있다. 이교의 사제는 새롭게 생성되는 시간을 향하여 돌진하기도 하지만 세계의 적의에 찬 시간들에 쫓겨서, 태어나지 않은 시간의 호롱불 하나 깜박거리는 저 자신의 동굴 안으로 숨어들기도 한다. 그 돌진과 퇴각을 거듭하면서, 이 헐벗은 사제는 세상으로 뻗은 모든 얽히고 설킨 길들을 모두 지나가지 않고서는 아무 곳에도 도달할 수 없으리라는 고통스런 깨달음에 도달한다. 이 이교 사제는 '나'의 비의(悲意)를 교리화한다.

그 사제의 생명의 근원지는 강가, 물가 또는 축축한 진흙 속이다. 그는 습생의 사제인 것이다. 축축한 곳에서 빚어지고 축축한 곳으로부터 태어나는 것들의 운명이란 태어난 곳 그리워하기, 세계로부터 돌아서기, 축축한 곳에 들러붙어 살기, 같은 것들이 아닐까. 습생의 운명은 질퍽거린다. 이 습생의 사제는 자신의 운명을 박차고 난생 또는 화생(化生)의 시간 속에서 갱생하려는 끝없는 복받침에 사로잡혀 있다. 그의 시 속에 자주 나오는 '하늘을 나는 푸른 물고기'나 '태양' 같은 부분들은 그 갱생의 열망이다. 그의 갱생은 우선은 소승적 자유에로의 갱생일 것이며 마침내는 '나'의 시간과 세계의 시간이 함께 흘러가는 새로운 시간에로의 갱생일 것이다.

하재봉에게

나는 하재봉의 시가 미학적으로 잘 구조화된 것이라고는 생각하지 않는다. 그의 시행들은 대체로 너무 길다. 내가 길다라고 말하는 것은 글자의 수가 많다는 말이 아니라 그가 시로써 말하려 하는 것에 비해서 그의 시행이 길다는 말이다. 하재봉의 시 속에서는 너무나도 강력하고 너무도 현란한 이미지와 시어들이, 때로는 중심부를 향하여 조여드는 기색이 없이 난무하고 좌충우돌한다. 시에 도달하지 못한 잠언들, 말하자면 실패한 잠언의 부스러기들도 그의 시 곳곳에 흩어져 있다. 실패한 잠언은, 그 잠언이 성공했더라면 확립되었을 진실내용을 무효화시켜버린다. 하재봉의 문제는 문장의 논리적 틀을 버티어내기 위한 구문의 장치들이 글의 표현 위로 돌출해 있다는 점이다. 구문의 장치들을 모두 버린다면 아마 시고 뭐고를 쓰기가 불가능할 것이다. 그러나 아마도 노련한 시인은 그 구문의 장치를 내버리지 않고, 감추어버릴 것이다. 그리고 더 노련한 시인이라면 그 감추어진 구문의 장치까지도 시화하지 않고는 못 배길 것이다. 하재봉의 글은 그 구문의 틀이 돌출함으로써 생각의 물결 같은 흐름을 방해하고 그가 그리는 시화의 세계를 때로는 괴기스럽게까지 만들어버린다.

'나'를 주어로 삼는 그의 시 문장들은 때로는 너무나 직설적이어서, 울림의 여백을 남기지 못한다. 그러나 나는 하재봉의 시들이 왜 그런 외양을 지니게 되는지를 아마 알 것도 같다. 그가 너무나도 거대한 그림을 한꺼번에 그리려 하기 때문이 아닐까. 하재봉에 대한 나의 소망을 말한다면, 나는 그가 시간에 대하여 말을 걸어야 하는 언어의 정교하고 따스한 속살에 도달하기를 바란다. 그리고 그가 그의 조급함이나 시적 야심이 빚어내는 괴기스러움을 넘어서, 세계의 흘러감과 긴밀히 교섭하는 초월의 시간들과 거기에 관련된 언어들을 우리에게 돌려주었으면 한다.

오도가도 못하는 정거장

기형도 「정거장에서의 충고」

미안하지만 나는 이제 희망을 노래하련다

마른 나무에서 연거푸 물방울이 떨어지고

나는 천천히 노트를 덮는다

저녁의 정거장에 검은 구름은 멎는다

그러나 추억은 황량하다, 군데군데 쓰러져 있던

개들은 황혼이면 처량한 눈을 껌벅일 것이다

물방울은 손등 위를 굴러다닌다, 나는 기우뚱

망각을 본다, 어쩌다가 집을 떠나왔던가

그곳으로 흘러가는 길은 이미 지상에 없으니

추억이 덜 깬 개들은 내 딱딱한 손을 깨물 것이다

구름은 나부낀다, 얼마나 느린 속도로 사람들이 죽어갔는지

얼마나 많은 나뭇잎들이 그 좁고 어두운 입구로 들이닥쳤
는지
내 노트는 알지 못한다, 그 동안 의미 많은 길들은
끝없이 갈라졌으니 혀는 흉기처럼 단단하다
물방울이여, 나그네의 말을 귀담아들어선 안 된다
주저앉으면 그뿐, 어떤 구름이 비가 되는지 알게 되리
그렇다면 나는 저녁의 정거장을 마음속에 옮겨놓는다
내 희망을 감시해온 불안의 짐짝들에게 나는 쓴다.
이 누추한 육체 속에 얼마든지 머물다 가시라고
모든 길들이 흘러온다, 나는 이미 늙은 것이다.

(「정거장에서의 충고」 전문, 『입 속의 검은 잎』, 문학과지성사)

기형도는 내 친구다. 우리는 산더미 같은 종이뭉치를 순식
간에 활자로 채워낼 수 있는 큰 인쇄업종에서 일하는 동직자
이기도 하다. 친구의 글에 대해서 글을 쓰기는 어렵다. 그 자
의 얼굴이 어른거리기 때문이다. 나는 그 어른거리는 얼굴을
향해 '물러가라'고 달래면서 이 글을 쓴다.

"미안하지만 나는 이제 희망을 노래하련다"라고 기형도는
썼다. 희망을 노래할 때 그는 세상을 향하여 "미안하지
만……"이라는 단서를 붙인다. "미안하지만……"이라는 단
서를 앞세우고 노래되어지는 희망은 마침내 희망이 아니다.

"미안하지만……"이라는 단서와 노래해야 할 "희망" 사이에
는 인간과 세계 사이의 따돌림과 밀어내기의 관계가 들어 있
다. 인간은 세계의 금 안으로 들어오지 못하고 변방의 정거
장에서 기웃거리고 있다.

'정거장'은 인간이 세계로부터 밀려난 마지막 지점이고,
밀려난 인간이 다시 그 세계 안으로 진입하기 위한 단 하나
의 거점이다. 쫓겨난 구멍을 통해서가 아니면 다시 그 세계
안으로 들어갈 수 없다. 기형도의 시는 그 정거장의 풍경을
그려냄으로써 정거장에서 기웃거리는 인간의 내면을 보여주
고 있다.

정거장에는 떠나온 세계의 추억이 묻어 있다. "추억이 덜
깬 개들"이나 "들이닥치는 나뭇잎" 같은 것들이 그 정거장의
주요한 풍경들이다. 인간은 그 정거장을 통해서 세계의 안으
로 다시 들어가야 할 의무가 있다고 말할 수 있겠지만, 그 정
거장에서 또 다른 세계로 흘러가버릴 권리도 있다고 말할 수
도 있다. 그 의무가 도덕적인 것이라면 그 권리 역시 부도덕
하지 않으리라. 그런데 기형도는 그 정거장에서 오도가도 못
한다. 그는 그 정거장에서 떠나온 세계의 희미한 냄새들을
감지하고 있다. 그 냄새들은 문명도 아니고 역사도 아니다.
기록할 만한, 경청할 만한 또는 읽어두어야 할 어떠한 내용

이나 의미도 거기에는 없다. 그는 "노트를 덮는다", 그 정거장에서 기형도는 정거장 자체를 자신의 삶의 자리로 받아들임으로써, 어떻게 해서든지 살아남으려고 한다. 세계의 '극변방'으로서의 정거장을 받아들인다는 것은, 그의 시 속에서는, 새로운 희망이나 삶의 근거라기보다는 세계로의 진입을 단념하거나 절망하는 몸짓으로 비친다.

"내 희망을 감시해온 불안의 짐짝들에게 나는 쓴다/이 누추한 육체 속에 얼마든지 머물다 가시라고" 같은 구절에 그 절망과 단념은 실려 있다. 정거장에서는 세계로 흘러들어가는 길은 모두 없어지고, 다시 "모든 길들이 흘러온다". 소멸되는 길들과 새롭게 흘러오는 길 사이에서 그는 "나는 이미 늙은 것이다"라고 말한다. 그것은 끔찍한 진술이다. 세계와 더불어 사는 삶은 불가능해 보인다.

기형도의 정거장은 세계와 세계가 아닌 것 사이의 접점이다. 그의 정거장은 그 양쪽에 대하여 모두 무의미하고 무력한 공간일 수도 있지만 그 양쪽에 대하여 모두 유효한 의미를 갖는 새로운 공간일 수도 있다. 나는 정거장에서 서성거리고 있는 내 친구에게, 그러지 말고 세계 안으로 들어오라고 말할 수가 없다. 그렇게 말하는 것은 너무나도 염치 없는 도덕일 뿐이리라. 그의 정거장 속에서 세계의 안과 밖으로 드나드는 모든 길들이 새롭게 만날 수는 없는 것이며, 내 친구는 이렇게 늙어도 좋을 것인가. 나는 그의 시가 실린 『문학과사회』 겨울호(1988년)를 덮는다.

생애화되는 한 줄의 공백

김명인 「화천」

―죄를 짓는 데 우리의 인생은 너무 길다

죄를 변상하는 데 우리의 인생은 너무 짧다

(다무라 류우이치 田村隆一)

땅들은 조금씩 꺼져간다 어디론가 떠밀리며

모든 원근의 이름 없는 능선들 저물어

내리면서 녹는 눈이여 어둠으로

한 세상 개칠 되어도

화천, 수많은 길들이 헝클어진 곳

내력을 우리는 안다 내 기억의 쑥밭에는 미처 못 뽑힌

더러운 뉘우침 하나

가까이 다가가 보면 두들겨 토해놓은

토사에 파묻혀 섬뜩한 추억들 몰개월로

감아오는 바람과 바람의 실타래에는 끝끝내 풀 수 없었던

청태(靑苔)의 세월이 감겨

배반도 늘 그만큼서 우리를 아프게 길들였을 때

너는 찢어졌다 터무니없는 나라조차 빼앗아 안 될 나이

느닷없이 덮쳐 터져버린 부비트랩

산골짜기에는 흩어지는 네 그림자 블록 담벼락에

기대면 바람 부는

차운 밤 하늘로 곤두박힐 듯 매달려 가로등 하나 조는데

얼어붙은 순간도 너의 죽음도 저 오랜

마음을 지나면 모래언덕으로 모래언덕으로

그렇다 헤쳐가야 할 날들이 어디에고

밤새의 거친 눈발로 널린다 해도

우리의 화석된 꿈 아직도 피 묻은 깃발로 걸려

저 미치도록 막막한 그리움으로 나부끼는지

화천, 익명의 세월을 살아 어느새

찢어발겼던 마음 모두 내게로 모여 오는 것일까

(「화천」 전문, 『머나먼 곳 스와니』, 문학과지성사)

사람들의 마음속으로 자리를 비집고 들어와서 인간의 생애화될 수 있는 슬픔은 마침내 슬픔이 아닐 것이다. 김명인의 시를 읽으면서 나는 흔히 그런 생각을 하곤 했다. 인간이 얼씬할 수 없는 막막한 불귀순(不歸順)의 벌판에서 인간으로부터 겉돌고 헤매는 슬픔에 비하면 인간 속에서 생애화될 수 있는 슬픔은 견디기 어려워도 견딜 수 있는 것이다. 견딜 수 없는 것들에 대한 성찰과 응시는 김명인 시의 기본 바탕이다. 김명인은 그 성찰과 응시를 통하여 견딜 수 없는 것들을 견딜 수 있는 것으로 바꾸어 사람들의 삶 속으로 자리잡아준다. 견딜 수 없는 것들의 자리잡기는 쓰라리다. 김명인의 시는 그 자리잡기의 쓰라림을 생애화한다.

  이 시가 보여주는 김명인의 문체는 말쑥하지 않다. 김명인의 문체는 견딜 수 없는 세상 속으로 거칠게 꿈틀거리면서 뻗어나가고 있다. 문체 속에 세상의 견딜 수 없음을 포용해내고 있다.

  「화천」은 김명인 시의 개성들을 잘 추려서 보여주고 있는 시라고 할 수 있다. 1연은 그 시의 한 특징적인 공간이다. 나는 이 공간의 질감이나 기후나 풍경에 관하여 잘 말할 수가 없다. 내가 잘 말할 수 없는 이유는 나 자신의 삶이 그 공간 안에 처해 있다고 믿기 때문이다. 나는 내가 그 공간에 관하여 끝내 잘 말할 수 없더라도 그 공간이나 나로부터 객관화되지 않기를 바란다. 말이 무슨 대수랴. 그 공간에서는 세계의 능선들이 어둠 속으로 서서히 먹혀들어가고, 저물고 지워지고, 툭툭 끊어지고, 꺼져간다. 삶은 아무런 보호막도 없다. 삶의 여린 속살들은 낯선 시간과 바람 앞에 대책없이 노출되어 쓸리고 있다. 세상의 견딜 수 없음은 그 현실적이고도 구체적인 중압으로 인간을 짓누르기도 하지만, 그보다 더 견딜 수 없는 것은 견딜 수 없는 것들의 저 모호함과 비현실성이다. 박모의 흐린 시선 속으로 그것들은 툭툭 끊어지면서 저물어가고 그것들을 응시하는 인간의 시선 하나 남는다. 나는 그렇게 저물어가는 시의 공간을 김명인의 「영동행각」에서도 얼핏 본 일이 있다.

내가 좋아하는 김명인의 문체는 「화천」의 3연과 4연이다. 그리고 3연과 4연 사이의 공백 한 줄이다. 3연과 4연에서는 김명인다운 거친 문체의 휘몰아가는 힘이 넉넉히 들어 있다. 그 문체에는 논리적 장치를 위한 구문의 틀이 완강하게 버티고 있음에도 불구하고 그 틀이 시의 흐름 위로 튀어나오지 않고 잘 숨어 있다. 숨어 있다기보다는, 그 구문의 틀은 시의 생각과 거칠고 더운 합일을 이루면서 컥컥대는 내재율을 빚어낸다. 나는 그의 시집 『동두천』 속에서 그렇게 컥컥대면서도 유순한 마음속의 리듬을 읽은 적이 있다. 세상의 견딜 수 없음은 그의 문체 위에서 견딜 수 있는 인간의 세상으로 바뀌어 우리들에게 자리잡혀 온다.

　화천, 익명의 세월을 살아 어느새
　찢어발겼던 마음 모두 내게로 모여 오는 것일까

　3연과 4연 사이의 한 줄의 공백은, 말하자면, 슬픔이 생애화되는 공백이다. 김명인의 시 속에는 「화천」의 3연과 4연처럼, 세상을 생애화시키는 한 줄의 공백이 가끔 나타난다. 이 공백을 뛰어넘으면서, 김명인은 흔히 앞연의 마지막 단어나 마지막 이미지를 다시 물고 나타난다. 『영동행각』 중의 어떤 시들이나 「김정호의 대동여지도」 같은 시 속에서, 나는 그렇게 생애화되는 한 줄의 공백을 보았다. 그 한 줄의 공백을 뛰어넘어서 새로운 연을 시작했을 때, 이 겹치기의 진술은 생애화된 슬픔의 넉넉한 힘으로 독자에게 다가오고, 그 이후의 시행들에게 가야 할 길을 알려준다. "그렇다……"로 시작되는 「화천」의 4연에서는 그 같은 겹치기 또는 끌어들이기의 진술은 보이지 않는다. 그러나 이 3연과 4연 사이의 공백은 그가 보여준 다른 여러 공백들의 의미와 다르지 않다. 그 공백의 세상을 인간 속으로 밀어넣는 것인데 이 밀어넣기의 동작은 거친 문체와 더불어 유순하다. 나의 삶 역시 그 한줄기 공백 안에 머무는 것임으로 나는 그 공백을 객관화하지 못한다. 글 앞에서 나는 참람(僭濫)할 뿐이다.

손(手)에 대한 12매

노동
손, 지구를 에워싼다
(뻬이따오, 「태양성 편지」 중에서)

　나는 중국대륙 시인 뻬이따오(北島)에 관하여 전혀 알지 못한다. 한자로 북녘 북과 섬 도를 이름으로 삼는(북쪽의 섬이다!) 이 시인에 관하여 내가 읽은 것은 『현대시학』 1월호에 나온 10편의 번역시와 허세욱 교수의 짧은 해설문 한 편이 전부다. 중국사람들이 그의 시를 몽롱시(朦朧詩)라고 부른다는 것도 나는 허 교수의 글을 통해서 알았다. 몽롱시라는 것은, 아마도 그가 사회주의나 혁명에 기대지 않고 인간의 내면을 직접 바라보고 내면으로부터 직접 이야기하고 있다는 뜻으로 나는 이해했다. '몽롱'이라는 말은 재미있다. 내 짐작대로 이야기한다면 '몽롱'이라는 말은 주의(主義)의 입장에서, 또는 주의를 바라보는 사람들의 시각에서 붙여진 이름일 터이고, 그 '몽롱'을 직접 들여다볼 때 그의 어떤 시행들은 몽롱하지 않고 명석하다.

"노동/손, 지구를 에워싼다"라고 그가 썼을 때 그 손은 주의와 삶, 세상 바꾸기와 세상 쓰다듬기의 사이에 위치하는 손으로 느껴진다. 손은 그 사이에 위치함으로써 지구를 에워쌀 수 있다. 그 에워쌈의 총화가 지구이고 인간이다. 손은 세계에 대한 인간의 응전능력의 기초이다. 인간의 손은 관념과 관능의 사이에 있다. 손은 현실과 혁명 사이에 있다. 손의 꿈은 세계를 인간 쪽으로 변형시키고 순치시키는 것이다. 손은 이 세계의 딱딱하고 물렁물렁한, 부드럽고 또는 거친 질감들을 확인해서 인간의 내면으로 전해준다. 손의 꿈은 거두기와 만들기이며 죽이기와 쓰다듬기와 주무르기이다. 손의 꿈은 혁명 이상이다. 손의 꿈은 관념을 현실화하는 것이고, 세계를 주물러서 그 질감을 관능으로 파악해내는 것이다. 주무르고 싶은 손의 그 욕망!

자식놈이 어렸을 때 내가 셈본을 가르친 일이 있었는데, 이 아이는 머리가 아둔해서 그런지 3 더하기 4는 7이라는 수리(數理)를 순수한 관념의 작용으로써는 깨우치지 못했다. 그 아이는 제 손을 펴서 오른손 손가락 세 개와 왼손 손가락 네 개를 구부려보아야만 일곱을 알 수 있었다. 그래서 그 아이는 한동안 열이 넘는 답 앞에서 쩔쩔매며 자랐다. 나는 그 아이가 손가락을 꼽아서 세계를 파악하는 방식의 삶을 끝까지 살아주기를 바랐다. 아이의 손바닥을 들여다보았더니, 투명한 열대어의 내장이 비치듯이, 손가락의 뼈마디를 여린 보라색 실핏줄들이 힘겹게 넘어가고 있었다. 내가 확인할 수 없는 피와 시간이 그 작은 손바닥 뼈마디의 실핏줄 속을 흐르고 있었다. 나는 그때 손의 개인성에 대하여 알게 되었고, 그것이 무서웠으며, 셈을 하고 실핏줄이 흐르는 아이의 손이 세상과 부딪쳐야 할 일들이 아득하고 안쓰럽게 느껴졌다. '노동/손, 세계를 에워싼다'는 뻬이따오의 시가 '에워쌈'의 연대성이나 동류의식 또는 세계를 버티어주고 지구와 교감하는 노동의 장엄함과 아울러 개별적인 손에 대한 연민으로서 내 마음에 와 닿는 까닭은 손에 대한 나의 뒤틀린 선입견 때문이라고 해도 나로서는 할 수 없는 일이다.

손의 수많은 기능과 욕망을 세분화하고 그것을 극대화해서 날(刃)을 세우면 연장이 된다. 손은 욕망에 닿기 위하여 그 욕망에 날을 세운다. 잘 드는 연장은 아름답고도 무섭다. 노동하는 손에는 연장이 쥐어져 있고, 연장은 날이 서 있고,

연장을 쥔 손에는 굳은 살이 박힌다. 굳은살은 세계와 인간의 접점이다. 이 접점은 강력하고도 가엾은 것이다.

이번 겨울에 집에서 아이가 기르던 다람쥐가 죽었다. 다람쥐는 제가 뻗을 수 있는 몸의 길이를 모두 뻗고, 쳇바퀴 밑에서 조용히 죽어 있었다. 아이놈은 "다람쥐의 손이 불쌍하다"고 말했다. 그 손이란 다람쥐의 앞발이었다. 다람쥐의 앞발의 발바닥은 푹신푹신한 느낌을 주는 분홍색의 작은 근육이었다. 다람쥐는 '손'을 쭉 뻗고 있었다. 쳇바퀴를 돌리던 그 '손'의 마디에는 작은 굳은살이 박혀 있었다. 살아서 쳇바퀴를 돌릴 때, 다람쥐는 아마도 자신이 앞으로 나아가고 있다는 환상을 지녔으리라. 환상이 없었다면 다람쥐가 어떻게 '손'에 굳은살이 박히도록 쳇바퀴를 돌릴 수가 있었으랴.

죽은 다람쥐의 분홍색 '손'의 질감은, 중앙박물관 신석기실에 전시된 돌칼의 질감과도 흡사했다. 그 돌칼은 곱게 갈아서 만든 작은 것인데 손잡이 부분이 잘록하다. 내가 모르는 웬 사내의 물건이었으리라. 인간의 실핏줄과 굳은살이 그 돌칼의 고운 표면 위에 보일 듯했다.

나는 지구를 에워싸는 뻬이따오의 노동의 '손'들 속에 신석기의 돌칼과 죽은 다람쥐 발바닥의 굳은 살과 내 어린 자식놈의 손마디의 실핏줄들이 모두 포함되기를 바란다.

'추억' 이란 제목의 시가 70편

시인 박재삼

「추억에서」라는 제목이 붙은 박재삼(朴在森, 52)의 서정시가 70편에 가까워가고 있다. 25년 전의 청년시절에도 박재삼은 「추억에서」라는 제목으로 시를 썼고, 50이 넘은 지금도 역시 그러하다.

'추억'은 시인의 마음속에서 아직도 '쟁쟁쟁' 울리는 놋주발과 같다.

이 세계는 낯선 곳이며, 그 세계와 더불어 아늑할 수 없다는 유년시절의 인식, 그럼에도 불구하고 세계는 아름답다는 것이 박재삼의 '추억'의 내용이다. 유년시절의 바다와 가난이 배경을 이룬다.

경남 삼천포 바닷가 오두막집에서의 그의 유년시절의 가

난은 슬픈 전설과 같다. 어머니는 광주리로 멍게장사를 했고, 아버지는 지게로 노동을 했는데, 햇빛이 '쟁쟁쟁' 내리쬐는 바다는 그 끝없는 무정형의 출렁거림으로, 세계는 낯선 곳이다, 또는 세계는 빛나는 곳이다, 라고 외쳐대며 소년의 마음을 사로잡는다. 그의 집안의 남자 어른들은 고무신짝 같은 작은 배를 타고 이 바다로 나간 후 돌아오지 않고, 소박을 맞은 이모는 모래밭에 고무신을 곱게 벗어놓고 그 바다에 뛰어들어 죽었다.

박재삼의 유년시절의 바다는 '나부낌'의 바다이다.

거기에서 삶은 고정된 틀로서 정착되지 않는다. 거기에서 삶은 곧 가난이고 생명과 시간은 먼 원양을 스쳐오는 해풍에 나부끼며 설렌다. 유년의 바다에서 시간은 수억만 개의 미립자이다. 그 시간의 가루들은 하나하나가, 새롭고 낯선 시간의 가루들이다. 유년의 환상 속에서, 시인은 그 낯선 시간의 가루들이 해풍에 실려와서 자신의 생명 속으로 쏟아져 들어오는 것이라고 꿈꾼다.

유년의 시인은 그 낯설음을 받아들이기 위해 출혈하지만, 그 출혈에 의해 세계는 아름답고, 생명은 빛나는 것이라는 '나부낌'을 수용한다.

고향 앞바다에는

꿈이 아니라고 흔드는

수만 잎사귀의 미루나무도 있고,

미칠 만하게 흘러내리는

과부의 찬란한 치마폭도 있고,

(「바다에서 배운 것」 중에서, 『천년의 바람』, 민음사)

또는

햇살이 퍼져내린

한낮에는 어쩌면

살아 있다는 것은 모조리

반짝이는 입자를 가진

일종의 식물처럼

무수한 이파리를 달았다고 느꼈다.

(「추억에서 58」 중에서, 『추억에서』, 현대문학사)

등의 시행에서 그의 유년의 생명은 반짝이고, 나부끼고 또는 어지러워하고 있다.

유년의 바닷가에서 삶은 영세했다. 물결 높은 바다는 흰 거품을 앞장세우고 육지를 향해 달려드는 것이어서, 그 영세한 삶조차도 파도에 실려 어디론지 떠나가고 있다. 흘러 떠내려가는 삶에 대한 유년의 두려움과 안쓰러움, 그리고 흘러가고 밀려와서 새롭게 이루어지는 아름다움들이 「추억에서」 70편에서 여러 가지 무늬를 그리며 교차하고 있다.

저 만장(萬丈) 같은 바다 위에
천갈래 만갈래로 수없는 가닥을 낸
바람이 시방 가장 미세하게
와서는 조용히 머문다.
(……)
수시로 끊임없이 새로 닿아서
새 모양을 만들고
그것이 천만년을 이어 오고 있다.
(……)
아, 사람이 제일로 내세우는
사랑의 동작도 그렇게
만날 새로울 수 있게
순수무구(純粹無垢)하고 영원하기만을 빌었다.
(「추억에서 4」 중에서)

유년의 바닷가에서 그가 시간과 세계의 낯설음에 의해 얼마나 큰 출혈을 했던간에, 그 바다는 윤선이나 갈매기 또는 하늘의 구름이 '쟁쟁쟁' 내리쬐는 햇빛의 가장자리를 밟고, '새로 잎 피는 가냘픈 생명을 대동하고' 찾아오는, 생명의 바다였다. 거기에서 유년의 목숨은 빛나는 것이기도 했고 괴로운 것이기도 했지만.

그 물결의 반짝임과
늘 그 옆에 있고 싶어하는
이것은 살아 있는, 감당하기 어려운
너무 큰, 우리들의 꿈이었다.
(「추억에서 4」 중에서)

그 바다를 향해 '물수제비'(납작한 돌을 수면에 수평으로 던져 여러 번 퉁기는 놀이)를 뜨는 소년의 모습은 「추억에서」 전 70편 중에서 가장 아름다운 부분들 중의 하나이다. 물수제비는 마치 '어린 소년이 불가능한 징검다리를 현실로 어어대듯' 하는데, 수면을 여러 번 퉁긴 돌은 마침내 물 속으로 사라져버리고 만다.

박재삼은 경남 삼천포해안에서 3살 때부터 20살이 넘도록까지 살았다. 여관 종업원으로 취직한 형이 가져다주는, 손님이 먹다 남긴 김밥을 바닷가에서 씹어먹기도 했고, 기부금이 없어 중학교에 입학하지 못하던 날도 그는 물결 높은 바다와 거기에 떠가는 배들을 바라보고 있었다. 그는 멍게 장수 어머니를 도와 멍게를 까며 밤을 새우던 유년시절을 가졌음에도 불구하고, 자신의 가난을 사회학적으로 설명하지 않는다.

그러므로 「추억에서」에 나타난 가난은 빈곤이 아니라, 아마도 서정이다. 그것이 박재삼이다. 50이 넘은 지금, 그는 바둑의 관전평을 쓰는 일로써 생계를 삼는다.

"바둑은 애초에, 그리고 지금도 나와는 무관한 것인데, 어쩌다가 바둑으로 살게 되었던가"고 그는 말했다. 그의 바둑은 그의 유년의 멍게까기와 다르지 않다. 그리고 그의 시는 그가 낯선 세계를 향하여 던지는 유년의 물수제비와 다르지 않다.

시는 살아가는 이야기일 뿐……

시인 김용택

"시는 살아가는 이야기일 뿐이다. 세상에 의한 평가에는 아무 관심 없다"라고 말하던 시인 김용택이 우리 시대의 명망 높은 시의 상인 '김수영문학상' (출판사 민음사와 김수영의 유족 공동제정)을 받았다. 김용택은 전라북도 임실군에서 농업고등학교를 졸업했고 현재 고향인 덕치 마을의 초등학교 교사로 일하면서 농사도 짓는다. 서울에서 대학을 나오고, 도시적인 감수성과 전위적이고 실험적이고 형태파괴적인 시의식을 갖는 젊은 시인들을 만나보면, 그들이 임실 김용택의 농사짓기를 은근히 부러워하면서도 약간은 두려워하고 있는 것 같은, 느낌을 받는다.

김용택의 시는 농촌의 현실과 농촌의 전통적 정서, 농촌이 부대끼며 살아온 역사적 삶 위에 탄탄하게 자리잡고 있다. 김용택의 시는 어려운 이미지나 말 비틀기, 말 감추기가 전혀 없어서 그의 시를 위해서라면 아무런 설명이 필요없다. 그의 말대로 그의 시는 '살아가는 이야기'일 뿐이다.

김용택은 시집 『맑은 날』로 김수영문학상을 받았지만, 그의 더좋은 시들은 지난 85년 초에 창작과비평사에서 나온 시집 『섬진강』 속에 모여 있는 것이 아닌가 싶다.

그의 섬진강 연작 27편(7편은 『맑은 날』에 20편은 『섬진강』에 나뉘어 실려 있다) 중에서 '누님'이 나오는 시들은 빼어나게 아름답다. 우리나라 시 속에는 수많은 '누님'들이 나온다. 그 '누님'들만 모아놓아도 사전 한 권 분량은 됨직하지만(그런 사전이 사실상 있어야 하리라) 김용택의 '누님'이 빠진다면 그 사전은 성립되기 어려울 것이다.

김용택의 '누님'은 아프고 쓰라린 세월을 살면서 그 아픔과 쓰라림을 아름다움으로 승화시켜내는 우리나라의 누나다.

누님, 오늘도 그렇게 달이 느지막이 떠오릅니다. 달 그늘진 어둔 산자락 끝이 누님의 치마폭같이 기다림의 세월인 양 펄럭이는 듯합니다. 강변의 하얀 갈대들이 이 누님의 손짓인 양 그래그래 하며 무엇인가를 부르고 보내는 듯합니다. (……) 누님, 누님은 차가운 강 건너온 사랑입니다. 많은 것들과 헤어지고 더 많은 것들과 만나기 위하여, 오늘밤 나는 사랑 하나를 완성하기 위하여 그 불빛을 따뜻이 품고 자려 합니다.

(「섬진강 4」 중에서, 『섬진강』, 창비)

그 누님은 또 여성적인 것의 크고 부드러운 힘으로 소년의 마음을 사로잡는 관능의 여인이다. 그 누님이 강가에서 머리를 풀고, 강물에 머리를 감는다.

누님은 머리를 다 감고
고개를 뒤로 젖혀 머리채를 흔들어 강바람에 말렸지요.
(……)
그런 누님을 올려다보며
내 가슴은 쿵쿵 뛰었었습니다.

(「섬진강 22」 중에서, 『맑은 날』, 창작사)

'누님'은 김용택의 한 부분이다. 그의 좋은 시들은 관념이나 추상에 빠지지 않고, 농촌이 처한 현실에 당당히 맞서 나간다. 「섬진강 16」은 이농의 슬픔이 무엇인가를 보여준다. 피와 땀과 살을 흙에 섞으며 함께 살아온 이웃이 트럭 위에 깨진 거울이며 때묻은 캐시미론 이불을 싣고 서울로 간다. 그 트럭이 마을회관 앞을 떠나 신작로로 나갔다.

(……) 차 꽁무니의 빨간 불빛이 동구길을 아주 사라진 후
에도 사람들은 회관 마당에 덩그렇게 남아 서로 얼굴들을 외
면한 채 앉거나 서서 (……) 그와 살을 비벼 살아온 날들을
생각하며 헤성헤성한 마음들을 어찌하지 못하고 하나둘 헛기
침을 하며 어둑어둑 헤어졌다. (……) 우리들은 또 소쩍새 울
음소리나 부엉새 울음소리에, 강물 소리에 돌아눕고 돌아누
우며 며칠 밤 잠을 설칠 것이다. 누가 또 떠나겠지. 누군가 또
떠나겠지. (「섬진강 16」, 『섬진강』, 창비)

김수영문학상 심사위원들은 김용택의 시에 대하여 "시대
착오적인 면이 없지 않으나, 관념을 배제하고 체험에 뿌리내
린 긍정적 삶의 자세와 청정한 서정성이 돋보인다"고 평가했
다. 지금까지 김수영문학상을 수상한 시인들은 정희성, 이성
복, 황지우, 김광규, 최승호 등 다섯 명이다.

고통보단 사랑을 노래

시인 곽재구

    곽재구(郭在九, 30)의 시는 순결하기 때문에 강력하다. 그의 시가 펼쳐 보이고 있는 동시대의 현실이 결코 아늑하고 풍성한 세계가 아님에도 불구하고 그는 "절망보다는 희망을, 고통보다는 사랑을 노래하기 위하여 힘쓸 것이다"라고 말하고 있다. "우리들은 너무나 오래 사람과 희망에 대한 추억을 지니지 못한 채 살아왔고, 희망과 사랑에 대한 확신이 없는 한, 우리들의 삶과 시 또한 언제나 기회적이고, 공소할 것"이라고 곽재구는 말했다. 그는 서정시인이다. 그가 고통보다 사랑을 노래한 시들 중에 「사평역에서」가 있다. 사평은 그의 고향인 광주의 변두리, 전라선 완행열차가 이따금씩 와 닿는 간이역이다. 그 간이역 대합실에는 추위에 웅크리며, 톱밥난로 둘레에 주저앉아, 완행열차를 기다리는 착하고 따뜻한 이웃들이 있다. 그의 시의 도입부는 매우 회화적이다.

> 막차는 좀처럼 오지 않았다
> 대합실 밖에는 밤새 송이눈이 쌓이고
> 흰 보라 수수꽃 눈시린 유리창마다
> 톱밥난로가 지펴지고 있었다
> (「사평역에서」 중에서, 『사평역에서』, 창비)

이 눈 내리는 사평역 대합실에서 사람들은 세상살이의 고통을 저마다 가슴에 안은 채 무겁게 침묵하고 있다. 시인은 그 침묵에 의미를 부여한다. 시 마지막 연에서 그는 크고 놀라운 단순성에 도달한다. '고통보다는 사랑을' 그는 노래해내고 만다.

> 자정 넘으면
> 낯설음도 뼈아픔도 다 설원인데
> 단풍잎 같은 몇 잎의 차창을 달고
> 밤열차는 또 어디로 흘러가는지
>
> 그리웠던 순간들을 호명하며 나는

한줌의 눈물을 불빛 속에 던져주었다.

"우리 민족 고유의 튼튼한 서정시를 만드는 것이 나의 꿈이다. 나는 내가 꿈꾼 서정시에의 가능성을 향해 한 걸음씩 도전해 나가겠다"고 곽재구는 말하고 있다. 곽재구의 서정성은 현실적인 서정성이다. 현실과 그 속에서 살아가는 일의 뼈아픔을 서정으로서 집약해내는 일은 어렵다. 그 서정이 '절망보다도 희망'에 도달하기는 더욱 어렵다. 곽재구의 시는 이 어려운 영역을 향해 나아가고 있다. 그는 괴롭고 뼈아픈 이야기를, 사랑과 희망으로서 이야기한다. 그의 첫 시집 『사평역에서』(창비, 1983)에 수록된 60여 편의 시들 중에서 「그리움에게」는 이같은 사랑과 희망의 전형을 이룬다. 용접공으로 일하는 동생과 가난한 어머니가 나오는 이 시는 살아가는 일의 자랑스러움과 평화의 싱싱한 숨소리를 노래하고 있다.

기술학교 야간을 우등으로 졸업한
이등기사인 그놈(동생—인용자 추가)의 자랑스런 작업복에 대하여
절망보다 강하게 그놈이 쏘아대던 카바이트 불꽃에 대하여
(……)

나는 얼마나 진지하게 생각해야 하는 것일까

이 가난은 삶의 어엿하고 당당한 내용이다. 이 가난은 삶을 찌들게 하지 않는다. (이 시는 부분적으로 자전적인 것이라고 시인은 밝히고 있다).

곽재구는 이어 이 시 속에서 이 당당하고 어엿한 자세로 아마도 대학시절의 애인이었을 '그대'에게 기나긴 사랑의 편지를 쓴다.

그대에게 길고 긴 사랑의 편지를 쓴다
가슴으로 기쁨으로 눈송이의 꽃으로 쓴다
(……)
팔 년이나 몸부림친 대학을 졸업하는 마지막 겨울
의지에서 사랑과 희망으로 식구들의 희망을 쓰고 싶었다.

곽재구 시인의 가장 큰 취미는 여행이다. 여행은 그의 취미라기보다는 시작의 연장이 아닐까 싶다. 그는 비닐백 하나를 들고 우리나라의 많은 산과 강을 떠돌아 다닌다. 그의 시「사평역에서」도 이 여행에서 얻어졌을 것이 분명하다. 그의 시 속에 '호남선' '전라선' '열차'가 자주 등장하는 것도 그의 이 여행벽과 관련이 있다. 전남대 국문과를 졸업했고, 지금은 광주 서석고등학교의 국어교사로 일하는데, 미혼이다. 학교가 겨울방학 중이어서 그는 또 몇 차례의 여행을 다녀왔다. 그는 "산과 바다를 보고 왔다"라고만 말했다. 그의 말은 또다른 서정시를 예비하고 있는 것같이 들렸다. 서정시의 순결함 속에서, 인간과 삶의 자취에 접할 수 있는 것이 곽재구의 시를 읽는 기쁨이다.

비상을 꿈꾸며 이승을 노래

시인 황지우

    황지우(32)는 출발선상에 서 있다. 그가 해체하거나 해체를 통해서 재구성하려는 시적 방법 또는 그가 꿈꾸는 시적 정의(Poetic Justice)의 앞날이 창창하다는 전기적 의미에서도 황지우는 출발선상에 서 있지만 그가 이미 이룩한 시 속에서도 그는 출발선상에서의 꿈과 고뇌에 관하여 이야기하고 있다. 그는 끝없이 '가고' 싶어하고 '흘러가고' 싶어하고 '들어가고' 싶어하면서도, 마침내 떠나지 않기 위하여 또한 애쓴다. 이 출발선상에서의 갈등이 그의 시에 긴장을 주고 있는 것으로 보인다. 황지우가 말의 아름다움을 위하여 시를 쓰는 시인이라고는 말할 수 없다. 그러나 그의 몇몇 시 작품은 언어의 아름다움에서도 빼어나다.

오 환생을 꿈꾸며 새로 태어나고 싶은 물소리, 엿듣는 풀의 누선(淚線), 살아 있는 것은 살아 있는 동안의 이름을 부르며 살 뿐, 있는 것은 있는 것이 아니고, 사는 것은 사는 것이 아니로다 저 타오르는 불 속은 얼마나 고요할까 상한 촛불을 들고 그대 이슬 속으로 들어가, 곤히, 잠들고 싶다

（「초로(草露)와 같이」 전문, 『새들도 세상을 뜨는구나』, 문학과지성사)

이 시는 이승에서의 삶을 넘어서는 죽음으로 들어가자는 것인지, 아니면 이승에서의 죽음을 무찌르는 신생을 희원하는 것인지, 또는 그 양쪽을 모두 동경하는 것인지 구별하기 어렵다.

구별할 수 없음으로써 이 시는 아름답다. 삶과 죽음이 나뉘는 출발선상에서 그가 어디론가 가고 싶어하고, 가서 완성되고 싶어한다는 것만이 시에서 분명할 뿐이다. 마지막 행 "그대 이슬 속으로 들어가, 곤히, 잠들고 싶다"에서 '그대' 는 이 시의 긴장을 매우 인간적인 방향으로 순화시켜주고 있다. 그렇게 생각하는 것은 시를 속화하는 것이라고 말할 수도 있겠지만, '그대' 를 인간적으로 받아들이는 것은 독자가 갖는 특권일 수도 있다.

황지우는 이 세계 밖으로의 비상을 끊임없이 노래하면서

도 자신의 목적지가 되어 있을 어떤 세계의 내용, 그 세계의 색깔이나 기후에 관해서는 별로 이야기하지 않는다. 그가 동원하는 모든 시 중에서 가장 아름답고 가장 짧은 모국어인 '물'이라는 시어를 통해 그가 희원하는 세계를 독자들이 짐작할 수 있다. "황지우에게 특이한 것은 그 멀고 안 보이는 나라가 대개 물의 이미지와 연결되어 있다는 점이다"(시집 『새들도 세상을 뜨는구나』에 대한 김현의 해설 중에서). 앞서 인용된 시 「초로(草露)와 같이」에서도 도입부의 '물소리'는 마지막 구절의 '이슬'과 함께 시를 버티어주는 기둥과 같은 이미지를 갖는다. 황지우의 시 「파란만장」도 마찬가지다.

율도국에 가고 싶다
내 흉곽의 강안(江岸)을 깎는
파란만장(波瀾萬丈)
물결 하나가
수만 겹의 물결을 데리고 와서
나의 애간장 다 녹이는
조이고 쪼이는
내 몸뚱어리 빨래가 되고
오 빨래처럼
시신이 떠내려가도

저 율도국으로 흘러가고 싶다.

(「파란만장」 전문)

이 시에서 '물결' '파란만장' '흘러가고 싶다' 가 '물' 과 연결되는 이미지를 갖는다. 이 시에는 '가슴' 을 '흉곽' 으로 바꾸어 쓰는 시적 태도와 '물' 의 이미지에 매달리는 시적 태도가 공존하고 있다. '가슴' 을 '흉곽' 이라는 해부학적 용어로 바꾸어 쓰는 것은 그 뒤에 따르는 "깎는"이라는 동사에 물리적으로 대응하려는 전략일 것이다.

그러나 이 시는 '물' 의 시이다. 황지우의 '물' 은 그 완벽한 무정형으로 이승의 온갖 요지부동한 것들의 슬픔을 넘어서려는 시적 위안, 또는 흘러가서 없어짐으로써 연속을 이루어내는 자유를 꿈꾸고 있다는 것을 그의 여러 시 속에서 감지할 수 있다.

그러나 황지우의 또다른 시들은 '물' 이 아닌 현실을 치열하게 노래하고 있다. 그가 살아 있는 병아리 두 마리를 사서 자신의 자녀에게 주었을 때 아이들은 이 병아리의 '살아서 꿈틀대기' 가 무서워 만지지도 못한다. 이튿날 병아리는 라면 박스 속에서 죽는다. 병아리가 죽은 모습은 다음과 같다.

라면 박스 속에 넣어 하룻밤을 내 방에 재운 뒤, 아침에 일어나 들여다보니 병아리 두 마리는 두 다리를 꼿꼿하게 뻗고 목을 길게 늘어뜨리고 죽어 있었다. 병아리의 시체를 들어올리면서 그때야 나는 거기에, 아주 작은 날개가 달려 있었다는 것을 발견했다.

「제1한강교에 날아든 갈매기」의 시작메모 1, 중에서)

현실과 대응하려는 시적 태도에서 황지우의 시는 형태파괴적이고 실험적인 경향을 보인다. 그는 문장으로 구성될 수 없을 만큼 분해되어 있는 여러 현실들에 대해, 문장으로써가 아니라 실어증 환자의 외마디 소리 같은 단어로써 대응한다. 미술에서의 점묘법과 같은 기법이라고 할 수 있다. 이 외마디의 점묘법과 같은 시를 통해 황지우는 세계에 대한 새로운 해석을 시도하고 있다.

1983년 4월 20일 맑음
18°C 토큰 5개 550원, 종이컵 커피 150원, 담배 솔 500원, 한국일보 130원, 짜장면 600원, 미스리와 저녁식사하고 영화 한 편 8,600원, 올림픽 복권 5장 2,500원.

「한국 생명보험회사 송일환 씨의 어느 날」 중에서)

에서 보듯이 황지우는 왜소한 샐러리맨이 이 세계에 처해 있는 모습을 현실 그 자체로써 점묘해 보이기도 한다. 이같은 점묘법이 시로서 성공하고 있는가에 대해 김우창 교수는 "단순한 기발성이 아니라 시대를 독창적으로 소화해내려는 실험적 의미를 갖는 것으로 본다"고 말했다.

황지우 시인의 인간적인 모습들은 그의 시작 속에 자전적으로 그려져 있다.

그는 70년대의 대학캠퍼스에서 '성복이'(시인 이성복), '정환이'(시인 김정환) 등과 '놀았다'. 그의 시에 의하면, 그는 77년에 결혼했다. 다시 그의 시에 따르면, 지금은 서울 신림동의 어느 소금집 옆 반슬라브 가옥에서 산다.

그는 이 집에서 번역도 하고 르포도 쓰고 가끔 시도 쓰며 산다. "마누라가 신경질을 부리면 다섯 살 난 딸을 데리고 소금집 공터에 나와 놀지요". 그는 공터에서 다섯 살 난 딸을 리어카 목마에 태워주면서, 그 딸이 목마를 타고, 멀고 안 보이는 나라로 들어가버린 듯한 환상에 빠지는 젊은 아버지다. 그는 70년대의 대학캠퍼스에서 함께 '놀았던' 시인 이성복의 뒤를 이어 28일 제3회 김수영문학상을 받았다.

황지우는 김수영의 이름으로 상을 받는 것이 자연스럽다고 느껴지는 몇몇 젊은 시인들 중의 한 사람이다.

시를 '일'로 삼는 직업정신

시인 고정희

    고정희(高靜熙, 35)는 금년에 두 권의 시집을 냈다. 지난 5월에 나온 장시집 『초혼제』(창비)는 대한민국문학상(신인부문)을 받았고, 10월 말에 나온 『이 시대의 아벨』(문학과지성사)은 제2회 '오늘의 책'으로 선정되었다.

    상이 아니더라도, 고정희가 독자를 안심시켜주는 것은 그가 철저한 직업정신으로, 시를 쓴다는 행위를 '일'로 삼는 시인이라는 점이다.

    이미 장시집을 포함한 4권의 시집을 가지고 있음으로 신인이라고 말하기가 거북하기도 하지만, 고정희가 시를 발표해온 연륜은 5년에 불과하다. 83년의 시단이 고정희에게 특히 주목하는 것은 그가 보여준 현실에 대한 관심의 정당함과 그의 시의 '힘' 때문이다.

"부드러운 언어로 강한 것들을 노래하고 싶다"고 고정희는 말했는데, 이 진술은 그가 이미 이룩해놓은 부분보다는 앞으로 이룩해나가야 할 부분들에 대하여 더욱 타당할 것으로 느껴진다. "아름다움과 강력함이 어우러지는 절실한 것들을 모국어로써 득음하려는 것"이라고 그는 자신의 시의 갈 길을 분명하게 설명했다.

1948년생. 한국신학대학을 졸업하고 교사, 지방신문, 잡지사의 기자를 거쳐 여러 출판사에서 일했다. 75년 「현대시학」의 추천으로 등단한 후 79년 시집 『누가 홀로 술들을 밟고 있는가』에 이어 81년 두 번째 시집 『실락원기행』을 냈다.

서울 도봉구 수유동의 전세방에서 독신으로 혼자서 산다. 낮에는 출판사에서 일하고 밤에는 시를 쓰는데, 시를 쓰기로 '작정'을 하고 쓰는 시인이라는 느낌을 준다.

이 세상 어디서나 개울은 흐르고

이 세상 어디서나 등불은 켜지듯

가자 고통이여 살 맞대고 가자

외롭기로 작정하면 어딘들 못 가랴

가기로 목숨 걸면 지는 해가 문제랴

(「상한 영혼을 위하여」 중에서, 『이 시대의 아벨』, 문학과지성사)

라는 시는 고정희가 시와 삶을 향하고 서는 태도 자체라고 보아도 별 무리는 없을 것이다.

고정희의 문학적 형성기를 지탱해온 두 개의 기둥은 '해남'과 '수유리'인 것으로 보인다. 전남 해남은 그의 소년 시절의 삶의 터전을 이루었던 고향이고 '수유리'는 그의 모교인 한국신학대학이다. "'해남'의 아름다운 강산이 애초에 나에게 시를 쓰게 만들어주었다"고 고정희는 말했다.

토속적이고 전통적인 모국어의 가락에 접근해 들어가고 있는 시적 태도는 그의 '해남'에서 오는 것이고, 하늘 아래서의 고통에 대한 극복을 모색하려는 그의 서구정신(혹은 기독교정신)은 아마도 그의 '수유리'에서 오고 있는 것으로 보인다. '해남'과 '수유리'가 어우러지는 곳에서 고정희의 문학은 그 내용과 가락에 도달하고 있고, 거기에서 그의 시는 문학적 칭얼거림이나 잔망스러움을 일체 떠나, 때때로, 역사와 현실의 바다로 쏟아져 내리는 리듬의 폭포와도 같은 독후감을 준다.

괴로운 현실이나 문명의 비인간성을 매우 주술적인 가락으로 질타할 때도 고정희는 마지막 낙관주의를 잃지 않는다. 이 괴로운 낙관주의는 고정희 문학에서 가장 아름답고 신뢰할 수 있는 부분을 이루고 있다. 이 낙관주의는 인간과 역사에 대한 그의 신뢰에서 온다.

장시집 『초혼제』 후기에서 고정희는 "나는 내가 너에게 죽음을 선언하고 저주를 선언하는 때에도조차 그 속에서 무럭무럭 솟아나는 신념과 기대를 저버리지 못한다. 그리하여 나는 더욱더 전폭적으로 인간을 신뢰하고 인간을 사랑하고 인간을 갈망하기를 꿈꾼다"고 기록하고 있다.

고정희의 어떤 시들은 그가 '기독교 시인'으로 불려지는 것이 적합치 않을 만큼 좌절을 단말마적으로 노래하고 있지만 그의 보다 아름다운 시들은 인간과 역사에 대한 신뢰의 바탕에서 씌어진 것들이다. 그 신뢰의 내용은 '땅에서 이루어질 것'에 대한 믿음이라고 할 수 있다.

> 상한 갈대라도 하늘 아래선
> 한 계절 넉넉히 흔들리거니
> 뿌리 깊으면야
> 밑둥 잘리어도 새 순은 돋거니
> 충분히 흔들리자 상한 영혼이며
> 충분히 흔들리며 고통에게로 가자
> (「상한 영혼을 위하여」 중에서)

고정희의 시는 우리 시대에서 가장 남성적인 리듬을 가지고 있다고도 말할 수 있다. 그는 시 속에서 자신의 사적인 내면을 좀처럼 드러내 보이지 않고 있지만 시집『이 시대의 아벨』중에 실린 시작「객지」에서는 자신의 사적 은밀성을 드러내 보이고 있다. 이 시에서 독자들은 고정희의 가장 인간적인 모습과 만날 수 있다. 그 모습은 객지에서 시를 쓰며 혼자 살아가는 30대 여자의 슬픔이다.

> 어머니와 호박국이 그리운 날이면
> 버릇처럼 한 선배님을 찾아가곤 했었지.
> (「객지」중에서)

로 시작되는 이 시는 그 '선배'의 단란하고 행복한 가정을 방문하고 돌아올 때 '이유없이 쏟아지던 눈물'에 관하여 쓰고 있다. 이 슬픔은 고정희의 매우 작은 부분에 불과하겠지만 독자에게 친밀감을 주는 시이기도 하다. 그는 슬픔을 한탄으로가 아니라 힘으로 표출해냄으로써 슬픔을 넘어서고 있다.

　83년은 그의 생애에 있어서 매우 값지게 기억될 해가 될 것이다. 연말휴가 때는 오래간만에 고향인 해남으로 돌아가겠다고 한다. "차표를 예약해놓았다"며 고정희 시인은 자랑했는데 귀향을 기뻐하는 것인지 슬퍼하는 것인지 알아채기 어려웠다.

미친 거지의 자유

『한산시집(寒山詩集)』

한산자는 당 시절의 전설적인 은자(隱者)다. 천태산 국청
사 뒤 한산의 바위굴에 은거했다. 홀연 나타나고 홀연 사라
지는데, 그 언동이나 행색은 미친 거지와 같았다. 다 떨어진
옷에 나막신을 끌고 다니며 국청사 부엌의 음식 찌꺼기를 얻
어먹고 살았다. 늘 혼자서 중얼거리고 혼자서 큰소리를 지르
고 혼자서 앙천대소(仰天大笑) 했다.

한산자의 시들을 모은 『한산시(寒山詩)』는 고 김달진옹이
역주하고 최동호 교수(고려대 국문학과)가 해설을 썼다. 한산
자의 전기적 사실들은 추적되지 않는다. 그가 바위나 나무에
써놓았던 시들은 또 다른 은자들이 채록하고 편집해서 후세
에 전했다.

그의 시편들에 따르면, 아마도 한산자는 불가적 윤리관이
나 내세관을 가진 인물이었지만, 그가 당면하고 있던 마음의
현실은 도가적인 세계의 서늘함이었던 모양이다. 은자의 세
계가 논리일관할 필요는 없을 것이다. 은자는 자유롭다. 마
음을 논리일관으로 엮으려는 몽매는 속세의 것이다.

　한산은 차갑고 외로운 산이다. 그 걸인이 실명이 없이 한
세상을 살았으므로, 그 산 이름을 따서 그를 한산자라고 부
른다. 현실세계로부터 한산에 이르는 길은 끊어져 있다. 육
로로도 언로로도 한산에 닿을 수 없다. 그의 시들은 그 길 없
는 세계의 길 내기이다. 그의 길 내기는 길 뚫기도 아니고,
길 묻기도 아니다. 그의 길 내기는 길 찾기이다. 언어나 사유
또는 현실적인 방편들을 동원해서 길을 뚫어서 거기에 당도
하는 것이 아니라 길 없는 세상에 감추어진 길, 또는 길 없는
세계에 속하지 않는 길을 찾아서 거기에 당도한다. 그러므로
그의 길 내기는 공사가 아니라 발견이다.

　　사람이 있어 한산(寒山) 길을 묻는구나.

　　그러나 한산(寒山)에는 길이 통하지 않네.

　　(……)

　　만일 그대 마음이 내 마음과 같다면

　　어느덧 그 산 속에 이르리라. (「한산시 9」)

같은 시행들은 그 찾기 어려운 길이 인간의 내면이라는 구체적이고도 절박한 현실 속에 뚜렷하게 존재하고 있는, 찾기 쉬운 길이며, 방치되어 있는 길이며, 그러나 묻거나 가르쳐 줄 수 없는 답답한 길이라는 전언을 담고 있다.

한산은 그 '미친 거지'의 정신의 이상향이다. 그리고 그 이상향은 그가 살아가는 현실의 삶이다. 새벽산의 찬 안개를 그는 마신다.

그 은자의 마음속에서는 형이상과 형이하는 구별되거나 이원적으로 대립하지 않는다. 은자의 세계에서 그것들은 한데 합쳐져서 자유라는 삶의 질을 만들어낸다. 욕망은 세계를 양적으로 파악한다. 은자의 새벽 산 속에서는 세계에 대한 질적 인식이 세계의 양을 밀어내거나 쓰다듬어 달랜다. 거기에서의 은자의 마음의 빛깔은 일정하지 않다.

은자의 마음은 시간·자연·계절에 저 자신을 내맡기고 그것들과의 무구한 합일을 이루기도 하지만, 그것들로부터 또다시 풀려난 또 다른 자유를 향한다. 그 두 개의 극지 사이의 자유의 빈터를 은자의 마음은 많은 무늬를 펼쳐가며 옮겨다닌다. 은자는 자연과 자아의 차단을 부수고, 제 마음에 들어와 있는 자연의 모습을 들여다보고, 그리고 그 자연과 또다시 헤어질 것을 꿈꾼다. 은자는 애써 도를 구하지 않는다. 그는 육신을 괴롭혀 도를 닦지 않는다. 그는 다만 게으름을 피우고 있을 뿐이다. 은자는 도에 닿기 위하여 '구한다' 또는 '닦는다'는 동작을 버린다.

> 나고 죽는 관계를 알고자 하면
> 물과 얼음의 비유로 설명하리라.
> (……)
> 물과 얼음 서로 해치지 않는 것처럼
> 남(生)과 죽음 모두 다 아름다워라.
> (「한산시 97」)

같은 시행들이나 또는,

> 한산(寒山)의 이 번뇌 없는 바위여!
> 생사(生死) 나루 건너는 나룻배일세.
> (……)
> 고요하고 한가해 안거(安居)에 편안하고
> 비고 그윽해 남의 시비 떠났다.
> (「한산시 282」)

같은 시행들은 인간과 자연이 결합하는 일의 명징성을 보여주고 있지만,

멀고 멀어 아득한 한산(寒山) 길이여!

쓸쓸하고 차가운 시냇가로다.

(……)

아침 아침에 해를 못 보고

해마다 해마다 봄을 모른다.

(「한산시 3」)

같은 시행들은 자연과 시간으로부터 유폐된 또 다른 자아의
내면을 보여준다. 은자의 마음은 개울가의 '번뇌 없는 바위'
위에 안주하는 것이 아니다. 은자의 마음은 아득한 자유의
공간을 편력한다. 마음의 동쪽 벽이 무너져 마음의 서쪽 벽
을 때리는 소리가 은자의 산중에 쾅쾅 울린다. 중광스님이
수년 전 한산자의 은거지였던 국청사와 그 일대 산악을 답사
하고 돌아왔다. 아무런 자취도 발견할 수 없었고 다만 절을
지키는 늙은 승려들이 1천 년을 구전되어 내려온 그 '미친
거지'의 전설을 들려주었을 뿐이라고 한다.

버려짐, 그 구원의 자리

김신용 『버려진 사람들』

    김신용의 시들은 가난과 소외의 극지(極地)에서 돋아나는 투명한 사랑의 힘이다. 그가 한 산문에서 밝혔듯이, 그는 지게꾼이다. 낮에는 공사장에서 등짐을 지고, 밤에는 '휘황찬란한 불빛이 머큐로크롬처럼 쏟아져 내리는' 힐튼호텔 뒤 양동 노동자합숙소에서 잠든다. 그의 시가 드러내는 가난은 생산의 계통이나 먹이피라미드 속에서의 가난이 아니다. 그의 가난, 그의 시 속의 가난은 그 계통이나 피라미드로부터 쫓겨나거나 제외된 자의 절대적인 빈손이다.

    가난은 무산일 뿐 아니라 억눌림·짓밟힘·쫓겨남·더럽혀짐이다. 김신용의 시들은 그 쫓겨나고 더럽혀진 자리를 '근원'으로 파악하고 있다. 그의 절대적인 빈손의 마지막 힘에 의하여 그는 소유나 욕망에 기대지 않고서도 사랑을 말할 수 있고, 사랑이라는 그 진부하고도 무력해진 언어를 언어의 자리에서 해방시켜 숨쉬는 삶의 육질에까지 끌어내린다. 이 끌어내림을 끌어올림이라고 말해도 괜찮다.

그와 세계를 연결시켜주는 매개물은 땀에 전 한 틀의 지게다. 그가 짐을 벗고 누울 한 뼘의 공간을 확보하기 위하여 그는 짐을 져야 한다.

그 짐은 남의 짐이다. 그가 짐을 지는 것은 짐을 벗기 위해서다. 무거울수록 몇 푼 더 받는다. 짐을 벗어 내려놓을 때, 그는 그 짐이 남의 짐이라는 현실 앞에서 빈 지게와 함께 허물어져 내린다. 짐을 벗을 때의 그의 산문은 이렇다.

텅 빈 지게 위에 얹히는 것은 더 무거운 짐, 허공…… 내 헛노동에 대한 자각/(……)/몸도 세상도 무너져 내린다. 그러나 어느새 그 무너져 내리는 모습이 기도하는 몸짓이 된다. 빈 지게는 두 손을 모은 그림자를 떨구고 있다.

벗기 위하여 져야 하는 지게와 텅 비어 있을 때가 오히려 무거워 허물어져 내릴 수밖에 없는 지게는 모순의 지게다. 김신용의 사랑법은 그 모순에 저 자신을 일치시켜버리는 것이다. 지게는 이미 환생할 도리가 없는 죽어버린 나무다. 그 죽은 각목이 '이를 갈며' 꾸는 꿈은, 그의 시에 따르면 '푸른 잎새'다. 지게에는 지게와 짐 사이의 모순(텅 빔과 무거움)과 지게와 지게꾼 사이의 모순(짐지기와 짐벗기)에 지게 내부의 모순(각목과 푸른 잎)이 겹쳐 있다. 지게는 고해의 지게다. 그 지게가 제 주인인 지게꾼을 향하여 말한다.

> 넌 왜 날 두들겨 부숴버리지 못하니
> 계란으로 바위를 내려치듯, 세상이 네게 물려준
> 이빠진 이간 밥그릇 하나 네 생애 밖으로 내팽개치지 못하니
> 천 개의 땀방울에 동전 한 닢 던져주고 시침떼고 있는―저
> 세상의 가슴을 향해 자폭하지 못하니

지게는 지게꾼과의 모순에 찬 관계를 폭파시켜버릴 것을 꿈꾸지만, 지게는 지게를 지고 비틀거리고 꿈틀거리고 고꾸라지는 지게꾼의 모습에서 지게 자신의 '푸른 잎새'라는 또 다른 모순에 도달한다.

그 모순은 고통스런 모순일 테지만, 죽어버린 나무인 지게가 죽음을 사절하는 힘으로 작용하는 빛나는 모순이다. 지게의 죽어 있음과 지게꾼의 고꾸라짐이 일치할 때 그 빛나는 모순은 삶 속으로 수용된다.

「양동시편(陽洞詩篇)」은 아마도 그의 가장 높은 성취들 중의 하나일 것이다.

양동에서 버려진 사람들은 '균처럼' 꿈틀거리고 있다. 뼈다귀집 할머니는 남대문시장 장바닥에서 돼지뼈를 주워와 술국을 끓인다. 날품팔이 · 지게꾼 · 부랑자 · 쪼특꾼 · 뚜쟁이 · 시라이꾼 · 날라리 · 똥치들이 그 뼈국물을 마신다.

> 오로지 몸을 버려야 오늘을 살아남을 그런 사람들에게
> 몸 보하는 디는 요 궁물이 제일이랑께 하며
> 언제나 반겨 맞아주는 할머니를 보면요
> (……)
> 뼈국물을 할짝이며
> 우리는 얼마나 그 국물이 되고 싶었던지
> 뼈다귀 하나로 펄펄 끓는 국솥 속에 얼마나
> 분신하고 싶었던지,
> (「양동시편 2」 중에서, 『버려진 사람들』, 고려원)

같은 시행들은 버려진 삶을 사는 사람들의 허망과 분노를 왜곡하거나 미화하거나 도식에 편입시키지 않고 그 허망과 분노의 한복판에서 균처럼 꼬물거리면서 돋아나는 사랑의 실존을 보여준다. 그리고 그 균 같은 사랑의 힘은 버려진 자들

의 비루와 더러움을 걷어내고 그 너머에서 가물거리는 한가
닥의 빛으로 직접 끌어들이고 있다.

사나움보다 힘센 아름다움

허수경 『슬픔만한 거름이 어디 있으랴』

허수경의 시들은 민중적 가치에 헌신한다기보다는 민중적 아름다움에 헌신한다. 허수경 시의 가장 빛나는 대목은 그가 언어로써 구체적으로 이루어낸 아름다움 속에서 그 가치들을 실현하고 있는 시행들이다. 그 가치들은 시 전체를 적실 정도로 삼투되어 있지만, 가치들은 여전히 시의 표면으로 떠오르지 않고, 가치들은 결코 시의 꼭대기에서 설치지 않는다.

그것들은 잘 숨어 있음으로써 활짝 드러난다. 허수경 시의 표면에 드러나 있는 것은 삶과 친밀히 사귀는 직접성의 언어, 체험, 또는 정갈한 몇 개의 남쪽 사투리들. 그것들은 표면에 드러나지 않은 가치나 진실의 밀어올리는 힘에 의하여,

드러나야 할 것들을 마침내 드러나게 한다. 사나운 것들보다 아름다운 것들이 더욱 강력하고, 선전전략으로도 유리할 터인데, 허수경의 어떤 시들이 그러하다.

허수경 시집 『슬픔만한 거름이 어디 있으랴』 속에 모여 있는 시들 중에서 가장 좋다고 말해야 할 부분은 아마도 한 개인의 생명의 자기치유능력을 역사 속으로 확장시키는 시행들이 될 것이다. 그 생명을 여자의 생명이라고 말해도 괜찮다. 그것은 학대받은 것들이나, 이 세계로 더불어 아늑할 수 없는 자들이 다시 그 속으로 돌아가야 할 '자궁'이거나 또는 피씻음과 소생의 제의로서의 '빨래' 같은 것들이다. 말하자면 그 자궁은 개인의 자궁에서 보편적 자궁으로 나아가려는 자궁이다.

그 자궁의 길목에는 빠져버리기 십상인 관념과 허구의 함정이 곳곳에 파여져 있게 마련일 터이지만, 허수경의 어떤 시들은 삶에 대한 직접성을 끝끝내 버티어냄으로써 그 허구의 함정을 피해 간다(그러나 거기에 빠질 때도 있다 ―「남강시편 3」).

그렇게 해서 시 속에 자리잡는 자궁의 보편성은,

그리 모질게 매질을 당하고도 솟증이 돋아 입탐을 하네 돼

지비계 두둥실 떠 있는 순대국이나 한 사발 가슴 녹여내며 들
이키고 싶으이 방아냄새 상긋한 개장국에 밥을 말며 (……)
두레마을의 아낙으로 살점 일구어내고 연애도 달덩이 같은
아들도 낳아

　이 보시게 아들도 이녁들에게 매질당하게 키우것네

　(「사식을 먹으며」 중에서, 『슬픔만한 거름이 어디 있으랴』, 실천
문학사)

같은 시행들처럼 생명으로 확인하는 싸움의 진정성으로 나
타나기도 하고 또는

　내일은 탈상
　오늘은 고추모를 옮긴다

　(……)

　막 옮기기 끝낸 고추밭에
　편편이 몸을 누인 슬픔이
　아랫도리 서로 묶으며
　고추모 사이로 쓰러진다.

슬픔만한 거름이 어디 있으랴

(「탈상」 중에서)

같은 시행들처럼 세상의 밑창을 받쳐주는 비애의 힘으로 나타나기도 한다. 허수경은 박정희시대에 태어나 전두환시대에 형성기를 거친, 이 나라의 참혹한 젊은 시인들 중의 한 사람이다. 그가 '유인물을 쓰는' 운동권학생 출신이라는 것은 그의 시 속에서 쉽게 알아차릴 수 있다.

　허수경의 시들은 조급한 편가르기에 의한 지향성으로, 역사에 대처하려는 것은 아니다. 허수경의 시는 오히려 그것보다 더 근원적인 것 ─ 편가르기 자체의 의미를 생명 속에서 녹여서 무효화시킴으로써 새롭게 태어나야 할 세상의 터전을 마련하려는 자리치우기에 헌신한다. 그런 시적 헌신들은,

　　낮에는 일인들과 어불려
　　조선사람 마빡을 쥐어박고
　　밤에는 북간도 잔설 묻혀 오던
　　남루한 조선사람 등을 감싸 쥐던
　　그를.
　　그를 아는가 아버지여
　　서로 아랫도리가 묶여져

백 번을 도리질해도 남이 아닌

그를.

(「조선식 회상 · 2」 중에서)

같은 시행 속에 이야기로서 들어 있다. 그의 시집 속에 들어
있는 「스승의 구두」는 다른 시편들처럼 언어적 세련을 거친
것은 아니지만, 세상의 편가름에 대한 이 젊은 시인의 성찰
의 깊이를 보여준다.

스승의 낡은 구두처럼

새 것으로 바뀌지 않는다

그러나 새롭게 등장하는 것들을 어깨에 짊어지고

스승이 낡아가는 것인가

새로운 모습으로 다가오는 모든 것들이

훨씬은 더 먼저 낡아갈 것인가

(「스승의 구두」 중에서)

같은 시행들은 늙음과 낡음 사이에 끼는 불안, 새로운 것들
앞에서의 더 커다란 불안을 말하고 있다. 새로운 것들에 대
하여 책임지지 못하는 늙음이란 결국 낡음일 것이고, 오래된
것들에 대하여 책임지지 못하는 새로움 역시 미구에 있을 또

하나의 더러운 낡음은 아닐 것인지 ― 그런 깊은 불안을 이 시행은 아주 부드러운 어조로 말하고 있다. 그리고 그 불안은 진실로 새롭게 태어나야 할 것들을 위한 자리치우기의 불안이다.

적소(謫所)의 노래

이성부 『빈 산 뒤에 두고』

    이성부 시집 『빈 산 뒤에 두고』는 7년 만에 묶여진 시집이지만 수록 편수가 많지 않다. 80년 이후에 그가 시를 쓴다는 것의 수치스러움에 시달려가며 가까스로 시필(詩筆)을 이어온 죄의식의 자취를 그의 새 시집은 보여준다. 그의 죄의식은 부작위범(不作爲犯)의 죄의식이다. 고향(광주)이 학살당할 때나 학살당한 고향이 "새로 태어나고 있을 때"도 그는 아무것도 손쓸 수도 없었고, "죽음을 그토록 노래했음에도 죽지 않았다".

    새 시집에 실린 그의 어떤 시들은 그 수치와 죄에 짓눌린 시인의 내면을 보여주지만, 그의 더 좋은 시편들은 인간의 정신이 그 수치와 죄로부터 저 자신을 겨우겨우 추스려나가는 모습을 보여주는 대목들이다.

고향의 학살과 고향의 갱생을 방관한 죄에 대한 형벌은 '유배'이다. 고향이 학살당하고 유배당하듯이, 그것을 방관한 자들도 시대와 삶으로부터 멀리 유배당한다.

「유배시집(流配詩集)」이라는 제목이 붙어 있는 10편의 시 속에서 시인 자신인 '나'가 유배되어 있고, 허균·정약용·조광조 등이 유배되어 있다. '나'는 비겁하기 때문에 유배된 자이고, 허균 등은 비겁하지 않았기 때문에 유배된 자들이다.

비겁한 유배자가 비겁하지 않은 유배자의 적소(謫所)를 찾아서 '미친개처럼 달려' 가지만, 그는 대부분 그 적소에서 비겁하지 않은 옛 유배자들과 만나지 못한다. 나의 적소와 허균의 적소는 유배의 양쪽 극지이다. 그가 자신의 죄와 비겁함에 대하여 정직하고 성실해야 한다는 또 다른 죄의식에 짓눌려 있을 때 그는 이쪽 극지에서 저쪽 극지로 '건너가자'고 감히 말하지 못하지만, 그는 그 죄에의 정직함에 의하여 그 양극지 사이의 '길'을 감지해낸다. 그의 시에 따르면 그 길은 비탄이다. 길은 '초월이 아니라 싸움'의 길이다. 허균이 걸어가는 비탄의 길이 그 비겁한 유배자의 눈에 보인다.

저녁마다 돌아가는 길 생명으로 가는 길

그림자에게도 피가 도는 길

그대는 그 길을 쉬지 않고 걸어

그래도 그래도 무엇에 다다를 줄 안다.

(「유배시집 4ㆍ허균」 중에서, 『빈 산 뒤에 두고』, 풀빛)

　그가 비겁한 자의 죄의식을 떨쳐버릴 수 없을 때, 그는 삶
의 고통과 눈물을 그리고 죄의식마저를 배반해버린 유배된
자의 언어를 저주하는 시들을 쓰게 되지만 절망의 끝으로 가
는 그의 길에는 "말씀이 살아 있는 머나먼 마을, 말씀이 은비
늘처럼 살아 퍼덕이는 곳"으로 가는 또 다른 길이 가물거리
면서 겹쳐진다.

　그리고 그가 죄의 한복판에서 자신을 겨우 추스릴 수 있을
때 또는 죄가 인간을 옥죄이는 절박한 힘으로 삶의 근거를
다시 얽어내야 한다는 정신의 힘에 도달했을 때, 그는 「들」
「몸」 「깨끗한 나라」 같은 시들을 쓸 수 있게 된다.

누워버린 것들은 꿈꾸는지 잠자는지 얼어붙어 가는지,

눈 멀어 귀가 멀어 마음도 잃었는지,

일어설 줄을 모른다. 움직이지 않는다.

고요함 속에서 허수아비는 저를 보고

먼 들을 보고

누워버린 것들의 여린 살결들을 본다.

(「들」 중에서)

　「들」이라는 시행에서 주어는 '누워버린 것들'과 '허수아비'다. 그 앞 연에 따르면 '누워버린 것들'은 상처에 가득 찬 시간의 벌판이다. '허수아비'가 그 들을 본다. 그 허수아비는 한 비겁한 유배자의 모습을 떠오르게 하지만, 허수아비는 저 자신과 시간이 엎드려버린 먼 들과 누워버린 것들의 여린 속살을 '본다'. 그 시행은 평화 또는 평등이라고 말하고 있는 것 같지만, 입을 벌려서 평화 또는 평등이라고 말하기의 어려움까지도 감추어놓고 있다.

억압/자유 사이의 삶

이문재 『내 젖은 구두 벗어 해에게 보여줄 때』

이문재의 시집 『내 젖은 구두 벗어 해에게 보여줄 때』 속에 들어 있는 시들은 가계 또는 문명으로부터 단절된 한 고아의 편력이다. 그와 그의 시 속의 아버지는 서로 버리고 버림받은 관계이다. 서로 버리고 버림받았다면, 그것은 더 이상 '관계'가 아닐 테지만, 그럼에도 불구하고 그 '관계'는 여전히 청산되지 않고 있는 어떤 관계이다. '아버지', 혹은 역사나 문명에 의하여 사육당하는 것과, 그것들로부터 풀려나 방목되는 것―그 두 개의 운명 중 어느 편이 그래도 견딜 만한가.

인간은 이도저도 견딜 수 없다. 이도저도 인간이 차마 할 짓이 못된다. 인간이 할 만한 짓이란 스스로 '아버지'가 되거나, 사육도 방목도 아닌 새로운 삶의 자유를 세우는 일이다. 이문재는 그 이도저도 견딜 수 없는 운명을 감수하면서, 새로운 자유를 향하여 길을 떠난다. 그의 길 떠남에는 동행이 없다. 그는 당연하게도 그 자유를 확인하거나 발견하지 못하고 찾아서 누리지 못한다. 그는 길 위에 있다. 길 위에서 그는 그가 버리고 떠나온 것들의 아득함을 바라보고 찾아내야 할 것의 아득함을 바라본다.

자유로부터 불어오는 바람 속에는 그 희미하고도 감질나는, 그러나 분명한 냄새만이 전해올 뿐이다. 그의 시집의 제목처럼 길 위에서 그의 구두는 땀에 젖어 있다. 그는 그 젖은 구두를 벗어 '해에게 보여줄' 뿐이다. 젖은 구두를 벗어 해에게 보여주는 행위는 그의 지향성을 상징하는 것이라고 할 수도 있고, 묶임과 풀림, 또는 경험과 상상 사이의 상호조응 행위라고도 말할 수 있다. 유년이나 형성기의 상처들은 그의 시행의 곳곳에 침윤되어 있다. '아버지'는 죄의 이름으로 세계를 순치하려 한다.

세계를 조직하거나 설명하는 아버지의 원리는 죄의 원리다. 그리고 바로 그것이 그 아버지의 죄다. 이문재가 그 형성기의 상흔을 바로 드러낼 때, 그는 「섬에서 보낸 한철」 같은 시를 쓰게 된다. 섬에서 그 아들은 "이 섬으로 와서는 아버지가 일러준 죄들이/죄가 아니더군요. 저녁에는 물 속의 어둠과/섬 위의 어둠이 같아집니다"라고 말한다. 그는 섬에서 세계를 구획하는 것들의 경계의 소멸을 본다. 그것들은 어둠 속으로 녹아버린다. 그러나 그것을 자유라고 말하기에는 아직 이르다. 그것은 자유라기보다는 난감함이다. 섬이란, 그가 시행에서 말하고 있듯이, '이름 붙일 수 없는 것들'의 이름이기 때문이다.

섬이란, 그러므로 이름이 아니다. 그것은 차라리, 아직 태어나지 않은 자유의 형용사형에 가깝다.

그의 어떤 시들은 죽음 또는 소멸로부터의 순결한 부활을 꿈꾸고 있다.

형수가 죽었다
나는 그 아이들을 데리고 감자를 구워 소풍을 간다
(「기념식수」 중에서, 『내 젖은 구두 벗어 해에게 보여줄 때』, 문학
동네)

라는 시행으로 그의 시 「기념식수」는 시작되고 있다. 시행을 계속 따라가면, 그의 소풍은 소풍이 아니라 죽은 형수의 무덤가에 은사시나무를 심는 성묘 행위이다. 죽은 형수, 죽은 형수의 자식들, 죽은 형수를 위한 기념식수는 땅에 들어붙어 있는 그리고 관계의 끈에 묶여 있는 속박의 운명이다.

그가 죽은 형수의 아이들을 데리고 '소풍'을 가는 것은 그 속박의 핵심을 향하여 가는 길이고 속박 앞에 승복하는 행위지만, 그는 그 속박의 핵심 속에서 규정되지 않는 형용사로서의 자유이다.

> 교외선의 끝 철길은 햇빛
> 철 철 흘러넘치는 구릉지대를 지나 노을로 이어지고
> 내 눈물 반대쪽으로
> 날개도 흔들지 않고 날아가는 것은
> 무한정 날아가고 있는 것은
> (「기념식수」 중에서)

같은 끝 시행들이 그 자유의 꼬랑지를 들고 있다. 그 자유는 눈물의 반대쪽으로 날아가고 있다. 그것은 무엇이다라고 말할 수 있는 것이고 무엇인가라고 물어야 할 어떤 것이다.

그것은 희미하지만 확연한 것이다. 그것은 규정할 수 없지만, 인간의 마음속에서 간절하게 복받치는 어떤 것이다. 이름 붙일 수 없는 것의 그 확실함은 삶 속에 처한 인간이 또 다른 삶 속의 환영으로 피를 말리게 한다.

> 언덕에 가면

그 언덕이 바라보고 있는 더 큰

언덕 자리잡고 서 있어

(……)

시간의 어깨 위

먼지 내려 쌓이고 이 녹슨

잔등에 올라서면 자욱한

시간이 보일까

(「시간의 책」 중에서)

    이문재의 시들은 경험과 상상, 억압과 자유 사이에서 사물과 언어를 새롭게 재구성해 놓는다. 그러나 이 새로움이 때때로 새로움에 닿기보다는 혼란함에 머무는 경우도 있다. 그의 어떤 시들은 시로써 말하려 하는 것과 시에 의하여 말하여진 것 사이에 차이가 있다.

순수시의 절정

김종삼 전집

시인 김종삼(金宗三, 1921~1984)의 전집 속에는 김종삼의
시집 3권과 짧은 산문 2편, 그리고 김현·황동규·이경수·민
영·강석경·김주연·이승훈·장석주 등이 김종삼의 시 또는
인간적 체취의 편린들에 관하여 쓴 글을 모두 싣고 있어서
김종삼에 관한 가장 완벽한 읽을거리이다.

김종삼의 시가 '순수시'라고 말할 때의 순수란 그의 시가
삶의 중압으로부터 절단되어 있다는 의미의 순수가 아니라
그의 정신이 삶의 중압에 대하여 긴장된 대치관계를 유지하
면서 섞이지 않는 평행선을 꾸준히 그려 나갔다는 의미에서
의 '순수'일 것이다.

시대의 고통이나 비극을 말할 때나 또는 손 쓸 수 없이 외

로운 세상을 게처럼 어기죽거리며 통과해나가는 삶을 노래할 때도 그의 언어는 이 세상의 삶으로부터 빌려온 것 같지 않은 외양을 유지하고 있다. 그는 가난, 외로움, 방랑 심지어 아름다움까지도 자신의 언어에 와서 들러붙는 것을 싫어했다. 그는 그런 것들과 끝까지 대치관계를 유지하면서, 그런 것들을 자신의 언어에 묻히지 않고서도 그런 것들을 붙들어 놓을 수 있었다.

그가 그리는 아름다움이란 아무런 근거 없이 때로는 난데없이 삶에 개입하는 섬광 같은 것이고 그의 외로움과 방황은 김현에 따르면, "세계를 변화시킬 수도 없고 수락할 수도 없는" 자의 방황이다.

그리고 그가 그런 것들을 언어로 붙잡을 때도 그는 그 붙잡는다는 행위의 확실성과 견고성을 증오하고 있었다는 것을 그의 어떤 시들은 보여주고 있다. 쓰다가 만 듯한 문장들이나 종결구를 내버린, 그래서 동사나 시제에 의하여 구속되지 않는 주어나 정황들의 그 난감한 자유는 방법의 견고성에 대한 그의 미움을 드러낸다고 할 수 있다. 그의 방랑은 '세계와 자아 사이의 평화'에 기인하는 것이지만, 그의 어떤 시 속에서 그 평화는 주어와 동사 사이에서도 나타난다. 그의 주어나 정황들은 세계를 제멋대로 규정하고 단정하고 자리 매기려는 동사들의 폭력과 작별한다. 작별이 이루어지지 않을 때 그는 그 동사의 규제력을 극소화시켜버린다.

그의 주어나 정황들은 차라리 허공으로 떠버린다. 그래서 그의 시의 아름다움은 그 자신이 시행 속에서 말했듯이 '내용 없는 아름다움'이다. 그리고 그 말 속에는 '내용 따위에 의지하지 않는 아름다움'이라는, 그의 지순한 미의식의 자존심까지도 들어 있을 것 같다.

그의 시가 독자들의 마음속에 남기는 영상들 중의 하나는 세계의 소실점(消失點)이다. 그의 마음속의 원근구도 속에서 삶의 중압이나 아름다움까지도 시인의 개아(個我)와 평행선을 그리며 아득히 먼 곳까지 달려가 더 이상 갈 수가 없을 때 하나의 소실점을 이룬다. 그 점 위에서 두 개의 선은 만나는 것이 아니라 만나는 것처럼 보인다. 그 점을 넘어선다면 삶과 언어는 함께 무너져내릴 것이다.

그의 시에 자주 나오는 고딕식 건물이나 교회당의 뾰족탑은 그의 마음의 원근구도 속에서 수직으로 자리잡은 소실의 구도물이 아닌가 싶다.

그는 이른바 '순수시'로써 삶의 내용들을 챙길 수 있었고, '내용 없는 아름다움'이라는 그의 시행에도 불구하고 그의 시들은 내용이 없어 보이지만 사실은 규정하기 어려운 아름다움을 내용으로 삼고 있다.

황동규는 김종삼 시의 아름다움을 부재하는 것들의 여백

위에 펼쳐지는 '잔상(殘像)의 미학(美學)'이라고 설명했다. 황동규는 또 이 글에서 김종삼이 그처럼 오랫동안 제대로 받아들여지지 않는 이유는 예술가의 무리들이 '내면의식을 탐구하는 그룹과 현실참여를 하는 그룹이라는 두 벽에 부딪치게' 된 때문일 수도 있다고 말했다. 『김종삼 전집』은 김종삼의 문학사적인 자리잡기에 기여하게 될 것이다.

길 없는 세상의 노래

황학주의 시세계

   삶을 거머쥘 수 없을 때, 또는 저러한 것도 삶이라고 차마 입에 담아 말할 수 없을 때, 나는 때때로 초월·극복·구원·승화·종합·합일·지양·피안·해탈·무위……라든가, 또는 무슨 뛰어넘기 껴안기 열리기 트이기 합치기…… 같은 그런 단어들을 어떻게 좀 맵시 있고 적절하게 써먹음으로써 미소 짓고 싶지만, 중생의 사전 속에 들어 있는 저러한 말들에 눈길이 미칠 때, 뒤통수가 근지럽고 내장이 뒤틀려서 차마 들먹거리지 못한다. 삶 속에서 확인되지 않는 말들과 내가 살아낼 수 없는 말들이 인간의 사전으로부터 도망쳐 나와 신기루처럼 사막의 허공을 밀려다니고, 세월이 갈수록 내가 손으로 만질 수 있는 가용어휘를 수록한 사전의 두께는 점점 얇아져간다. 나는 이제 얇아져버린 가난한 사전이 슬프지도 안 타깝지도 않다. 나는 애써 나 자신에게 그렇게 타이르고 있다. 살아서 약아진 나는, 가용어휘사전으로부터 도망친 저 신기루의 언어에 의하여 되도록이면 상처받지 않도록, 그것들의 폭격 위치로부터 나 자신의 몸을 피신시킨다. 나는 초월의 길을 따라갈 수도 없고 이념의 길을 따라갈 수도 없다. 나는 자연의 길을 따라갈 수도 없고 논리의 길을 따라갈 수도 없다. 삶은 진흙뻘에 빠진 네발짐승과도 같다. 앞으로 나아가려고 네 발을 진흙뻘에 담그고 사전을 들여다보면 말들은 사전 속의 대열을 벗어나서 달아난다. 나는 네 발을 뻘 속에 묻고, 저 달아나는 말들의 돌아서버린 등을 여전히 흘깃거린다. 나의 삶은 진흙뻘과 말 사이에서 기회주의적이고 나의 마음은 현실과 초월 사이에서 기회주의적이다. 나는 그것을 참는다. 살아서 약아진 나는 대책 없는 일에 대책을 세우지 않는다. 참을 수 없는 일이란 이 세상에는 없다.

황학주의 시들은 나에게, 저러한 길 없음의 노래로 다가온다. 황학주의 시 속에서는 삶으로 향하는 길이나 꿈으로 향하는 길, 그리고 혈육으로 향하는 모든 길이 끊어져 있다. 황학주의 시들은 삶의 길이 끊어진 자리에 꿈의 길을 세우지 않는다. 그는 삶의 바깥쪽 어디쯤에 분명히 존재하리라고 간절히 믿어지는 어떤 길을, 길 끊어진 삶의 자리로 끌고 들어

옴으로써 그 끊어진 길을 이으려 하지 않는다. 그리고 그는 길 끊어진 삶의 자리에서의 서정을 이념화하거나 집단화함으로써 그것을 길이라고 말하지도 않는다. 계화도 수몰 이주민들의 빼앗긴 삶이나 피폐한 시골 소읍의 저 답답하고 막막한 삶에 바탕해서 시를 쓸 때도, 황학주는 그 서정을 집단화하지 않는다. 나는 그의 시 속에서 현실이나 미래를 뚜렷이 겨누는 지향성이나 전망의 강력함을 읽을 수도 없었고, 현실의 꼭대기 그 너머를 흘깃거리는 초월놀이의 가벼움을 읽을 수도 없었다. 그의 시들은 전망 없는 삶 속에서, 이러한 것이 전망이고 저러한 것이 초월이며 구원이라고 말하지 않는다. 그의 시들은 오히려 무망(無望)의 삶 속에서, 그 무망의 풍경들을 무망으로서 개인 속에 간직한다. 나는 그 개인들 속에 들어앉은 이 길 끊어짐의 풍경들을 들여다보는 것으로 이 글을 적는다.

황학주의 문체는 정돈되어 있지 않다. 그의 어떤 시들은 시로써 이야기하려는 정황들 사이에 논리적 관계가 끊어져 있다. 그리고 또 어떤 시행들, 그 여러 가지 정황들 가운데 어떤 중심을 설정하지 않고 그것들을 한 줄의 문장 안에 거칠게 뒤섞어 놓는다. 그의 문체는 뒤뚱거리고 삐걱거린다. 그의 문체는 목구멍에 걸린 가시를 토해내려는 인간의 컥컥거림과 같다. 반짝이는 이미지를 거느린, 깔끔하고 세련된 몇 줄의 읽을 만한 시행 앞에서 가끔씩 미소 짓고 싶은 내 문학적 속물근성을 황학주의 시들은 충족시켜주지 않는다. 그의 목구멍에 걸린 가시는 길 끊어짐의 서사구조들일 터이다. 그는 그 이야기들을 시행 위에 한꺼번에 토해내려 하고 있다. 황학주 목구멍의 가시는 한꺼번에 나오려는 길 끊어짐의 이야기들과 그것들을 제어하려는 서정성 사이의 컥컥거림이다.

　　줄포 비포장 길에서
　　만나고 있을 때 금세 붓던 눈
　　다시 자전거를 멈추고 돌아볼 때 주저앉던 모습.
　　창시 없는 놈,
　　이제 담벽에 끌려 내버려지던 낡은 장롱도
　　눈물지어 줄 너에 대한 기도도 없는 계화 벌판
　　고군산 여름 추억처럼 네 발치에서 멀어진 첫살림난 땅
　　사채빚이 몰려와 까맣게 서 있는 팽나무 숲 사이로
　　물 뚝뚝 새는 읍내 다방 마담 정이나 트고.

　　나는 답답해서 욕은 했지만
　　그의 허리를 만질 때 닿던 갈비뼈
　　뭉그러져 내리던 뽀얀 먼지.

(「사라지던 모습」 전문, 『슬픔의 온도』, 혜화당)

　이 시의 처음 여섯 행은 쏟아져 나오려는 길 끊어짐의 이
야기와 그것을 제어하려는 시행 사이에서 컥컥거리는 황학
주 문체의 한 대표적인 풍경이다. 처음의 몇 행 속에서는 인
칭의 분화조차 이루어져 있지 않다. 나와 너가, 그리고 나의
버림과 너의 버려짐이, 나의 떠나감과 너의 주저앉음이 문맥
속에서 구별되지 않는다. 그것이 구별되지 않는 까닭은 너를
버리는 나와 나에 의하여 버려지는 너가 모두 길 끊어진 삶
의 자리에서 버리고 버려지기 때문이다. 버림도 버려짐도 사
실상 이루어지지 않는다. 떠나감도 주저앉음도 그것이 명확
히 구별되어 개인의 몫으로 돌아오지 않는다. 그것들은 뒤섞
여 있거나 서로의 꼬리를 물고 있다. 길 끊어진 삶의 자리에
서 한 줄의 문장을 쓰기 위하여 배타적이고 개별적인 주어를
설정하는 것은 가능한가. 그런 도식적인 질문은 나의 것이고
황학주는 거기에 대답하지 않는다. 첫 번째 마침표가 나타날
때까지, 그의 문장 안에서는 불화, 헤어짐, 주저앉음, 망설임
들의 농밀한 징후만이 감지될 뿐, 그 헤어짐과 주저앉음이
누구의 것인지조차 식별되지 않는다. 누군가가 서로를 욕하
고 저주하면서 헤어지고 있다. 그들은 서로에 의해 버리고
버려지고, 떠나가고 주저앉지만, 길 끊어진 삶의 자리에서

그 버림과 버려짐, 떠나감과 주저앉음은 결국 변별되지 않으리라는 조짐을 그 시행들은 품고 있다. 길 끊어짐의 서사구조는 그 다음 시행에서부터 비교적 논리적으로 이야기되고 있다. 그 이야기를 따라가보면, 시 속에서 버려지고 주저앉은 사람은 살림을 들어먹은 패륜한 인간이고, 그리고 마지막 3행을 더 읽어보면, 그 패륜한 인간은 아마도 가족의 한 사람인 모양이다.

삶의 길이 끊어진 계화 벌판에는 '담벽에 끌려 내버려지던 낡은 장롱'도 이제는 없고, '눈물지어 줄 너에 대한 기도'도 없다. 낡아빠진 마지막 '장롱'도 없고 그리고 '기도'마저 성립되지 않는 땅 위에서 황학주는 삶의 바깥쪽으로부터 인간에게 다가오려는 어떠한 길도 설정하지 않는다. 그는 어느 지향점을 향하여 함부로 걸어가는 것이 아니라, 그 길 끊어진 삶의 자리를 끝까지 주시하고, 그 자리를 인간의 내면으로 끌어들인다. 현실을 받아들여, 그것을 시로 뱉어내는 황학주의 저러한 글쓰기는 "사채빛이 몰려와 까맣게 서 있는 팽나무 숲 사이로/물 뚝뚝 새는 읍내 다방 마담 정이나 트고"처럼, 반가운 두 줄의 시행을 낳는다. '사채빛'을 '팽나무 숲'으로 치환하는 그의 문장이 즉물성의 가벼움으로 튀지 않고, 오히려 길 없음의 절망으로 읽는 사람을 가로막는 것은, 그 사이에 낀 '까맣게'라는 한마디 부사에 힘입고 있기도 하지만, 그보다 더 근본적으로는, 그 뒤로 연결된 '물 뚝뚝 새는 읍내 다방 마담 정이나 트고'의 서사성에 기인하는 것 같다. '사채빚'과 '읍내 다방 마담 정'이라는 두 가지 이야기는 '(팽나무 숲) 사이로'에 의해 연결되어 있다. '사채빚이 몰려와 까맣게 서 있는 팽나무 숲'이란 버림과 버려짐으로부터 시작된 현실의 절벽에 관한 기나긴 이야기를 순간적으로 응축시켜서 회화적인 기법으로 보여주고 있다. 그 그림은 앞쪽을 내다보려는 인간의 시선을 캄캄하게 차단시키고 있다.

그런데 그 캄캄한 차단의 팽나무 숲 '사이로' 내다볼 때, 미래 또는 전망이 보이는 것도 아니고, 땅 위로 뻗은 길이나 땅 너머로 뻗은 길이 보이는 것은 '물 뚝뚝 새는 읍내 다방 마담'과 사랑도 구원도 아닌, '정'이나 '트는', 자아방기의 길일 뿐이다. 사채빚의 팽나무 숲 사이로 트는 읍내 다방 마담과의 정이란 이 차단된 삶 위에서 인간의 외로움과 막막함이 아직도 죽지 않고 살아서 난리치는 생지랄이다. 그 시 속의 인간은 앞으로 나아가지 않고, 점점 밑창으로 빠져 들어가고 있다. 길은 어디에도 없고, 길이 없다는 가열한 깨달음만이 인간의 목구멍을 치받는다. 그 깨달음이, 황학주의 시 속에서는 현실의 벽을 뚫고 나가는 힘으로 작용하기보다는, 현실의 길 없음을 완벽하게도 캄캄한 절벽으로 만들어, 그것을 인간의 마음속에 사무치게 한다. 그리고 황학주는 길 없는 삶의 담벼락에서, 그 담벼락에 마주친 인간의 모습을 들여다보고 있다.

"나는 답답해서 욕은 했지만/그의 허리를 만질 때 닿던 갈비뼈/뭉그러져 내리던 뽀얀 먼지"로 끝나는 마지막 세 줄은, 버리고 떠나간 사람이 버림받고 주저앉은 사람에게로 돌아와서 어떤 새로운 관계를 다시 설정할 수도 있을 것 같은 가능성을 암시하고 있다. 그리고 새로운 관계에 대한 이 가능성은 버리고 떠난 자가 버림받고 주저앉은 자의 상처와 자기 방기의 패륜까지를 그의 육신을 통해 확인함으로써 힘겹게 얻어진다. 살아서 고통받는 자의 '갈비뼈'와 그의 삶에 뒤덮인 '먼지' 앞에서, 버리고 떠남과 버려져서 주저앉음은 다시 원점으로 돌아와 만나고 있다. 만남은 충분히 드러나 있지 않다. 그것은 시행의 뒤쪽에 조심스럽게 숨어 있다. 이 만남은 아직도 전망이라고도, 길이라고도, 화해라고도 또는 사랑이나 긍정이라고도 말해서는 안 된다. 그것은 길 없는 세상에서 고통받는 존재에 대한 근원적인 목메임일 뿐이다. 집단화된 서정을 보편성이라고 믿을 수 있는 사람들은 복도 많다. 이념이나 초월의 끈을 붙들고 길을 찾아갈 수 있는 사람들은 훨씬 더 복이 많다. 그들의 복은 죽어버린 선사(禪師)들의 지복과 맞먹는다. 삶이 아닌 것에 삶의 길을 기댈 수 없는 사람들은 끊어져버린 길 앞에서 부랑하고, 똑같이 부랑하는 타인의 삶의 솔기에 끼인 먼지에 목메인다.

> 마을 뒷길은 콘크리트를 쳐서 갑자기 뒷면도를 하고
> 자정을 지나가는 내 자전거 불빛.
> 표가 필요한 후보들이
> 지글거리는 비계 조각 같은 말 몇 자리 그 너무너무나 먼소
> 리 갖다 붙인 담
> 어쨌기에 저 농가 담 안에 표 줄 사람들은 몸을 앓고
> 벽장 속에 빗물이 와 있는 썩어가는 조용함.
>
> (「어쨌기에」 전문, 같은 책)

같은 시행들 속에서, 마을의 삶은 오직 침묵하는 피해자로서
의 삶이다. 선거가 임박하자 마을 뒷길에 콘크리트 포장공사
가 시작된다. 그것은 갑자기 '뒷면도'를 한 것처럼 썰렁하다.
마을의 삶은 칼질 당해버리고, 정치가 표방하는 언어는 '너
무너무나' 멀다. 그 말들은 농가의 담벼락에 포스터로 나붙
어 있고, '표 줄 사람들은 몸을 앓고' 있는데, 벽장 속의 빗물
은 조용히 썩어간다. 그 시행 속의 현실인식은 '뒷면도'가 보
여주는 것처럼 길 끊어짐이거나 또는 '지글거리는 비계조각
같은 말'들의 포스터로 나붙어 있는 '담'이 보여주는 것처
럼, 말 끊어짐이다. 이제, 분노를 말해야 마땅할 차례인데,

황학주의 시행은 분노를 말하지 않고, 앓음과 썩어감의 '조용함'을 말하고 있다. 그 '조용함'에 의하여 그의 시는 길 끊어진 세상의 정치현실에 대한 분노를 '담' 밖의 외부로 향하는 지향의 힘으로 삼지 않고, '담' 안에서 앓는 인간의 목메임으로 끌고 들어간다. 그리고 그 목메임은 '조용한' 목메임이다. 길과 말이 끊어진 자리에서도 정치는 표가 필요하다. 표를 얻으려면 '말'을 해야 한다. 그 말은 앓는 사람들의 '담' 벼락에 나붙는다. 마을 뒷길은 '뒷면도'로 끊어져 있다. '표'와 '말', 그리고 '뒷면도'와 '담'은 차단의 구조를 지탱하는 두 쌍의 짝이다. 그리고 그 풍경 전체는 분노도 절규도 지향성도 없이 조용히 썩어가고 있다. 길 끊어지고 말 끊어진 세계에서 구체적으로 살이 있는 한 인간의 무망(無望)의 맨 밑바닥으로부터, 저 이른바 전망이라는 것이 아물어서 솟아나오지 않는 한, 황학주는 어떠한 길도 제시하지 않는다. 그는 차라리 무망을 무망으로 드러냄으로써 상처 앞에 정직하다.

　황학주의 시 속에서 보다 깊고 절박한 '끊어짐'은 혈육으로 향하는 길의 끊어짐이다. 막혀버린 삶 속에서의 부랑, 가족들의 흩어짐, 그리고 가난한 살림의 마지막 근거를 뒤집어엎어 작파해버리는 파탄의 풍경들은 그의 시행의 뒤쪽에서 흔히 어른거리고 있지만, 그의 시 속에서 혈육으로 향하는 길을 차단하고 있는 장벽은, 그들이 나를 낳아서 길렀고 내가 그의 자궁으로부터 태어났으며, 나의 형이나 아우도 같은 자궁으로부터 서열대로 태어나, 나의 괴로운 한 구석이 저들의 괴로운 한 구석과 닮아 있고, 때로는 버리고 떠나기도 했지만 어쨌든 거덜난 삶을 공유해왔다는, 이 배반할 수 없는 생물적 사실이다. 그들이 나를 낳았고 고통스런 삶의 내용을 공유하고 있다는 생물적 조건은, 인간이 인류와 생활의 이름으로 그 위를 끝까지 걸어가야 할 길이고, 그 위에서 수만 년의 문명과 풍속을 건설해온 바탕이지만, 황학주의 어떤 시들은 인간의 혈육 사이에 운명으로 개입하고 있는 이 생물적 사실의 목메임에 가로막혀 그 인류와 생활의 길을 걸어가지 못한다. 가난하고 쓸쓸한, 또는 빼앗기고 능욕당한 삶의 자리에서, 나와 닮아 있는 내 혈육의 모습을 확인한다는 것은 얼마나 깊은 목메임인가. 인간은 혈육을 돌려세울 수도 없고, 혈육과의 사이의 생물적 조건을 쳐부술 수도 없다. 선으로도 패륜으로도 그 생물적 조건은 부수어지지 않는다. 혈육은 혈육과 함께 가야 할 인류의 길을 차라리 혼자서 가도록 내몬다. 인간은 그 길을 혼자서 갈 수 없다. 돌려세워도 또 돌려세워도, 혈육은 돌려세워지지 않는다. 그 생물적 조건에 항거했던 불화와 등 돌리기, 살림 뒤집어엎기의 추억들은 또다시 그 생물학적 조건의 편이 되어 혼자서 가려는 인간의 허리띠를 붙들어 주저앉힌다. 제사·세배·성묘 또는 효도·자애 그리고 거기에 관련된 수많은 통과의례들이 인간의 저런 목메임을 문명과 풍속의 이름으로 쓰다듬어왔지만, 그 목메임은 너무나도 개별적인 것이고 짐승스러운 것이어서 각자의 목이 따로따로 메일 뿐, 너의 목메임은 나의 목메임에 대하여 무력하다.

> 오랜만에
> 집에서 간 맞은 국을 마신 뒤
> 내 간담이 빠져드는, 피할 수 없는
> 얼굴에 붙은 저 쪼글쪼글한 눈빛
> 옆구리에 굵은 솔 같은 슬픔을 끼고
> 수도 없는 새해 아침을 돌아온 저 늙고 퍼진 어머니
> 가슴에 낙담을 첨벙 담가둔
> 굴러떨어진 어머니 개인이 있고
> 입을 닦고 일어나는 나 개인이 추물스럽고,
> 내가 낯설은 자식이 되다니
> 나의 상처는 오늘은 이것이 될 것인지.
> (「불화」 전문, 『갈 수 없는 쓸쓸함』, 미학사)

옮겨 적은 시 속에서 황학주의 문체는 여전히 거칠다. 이

야기의 산문적 구조들이 말하기의 방법에 연결되지 않고, 구조 자체로서 방치되어 있다. 그러나 이 몇 행의 글은 혈육 앞에서의 목메임의 내용과 풍경을 가공되지 않은 원형으로 보여준다. '늙고 퍼진' 어머니가 오랜만에 집에 돌아온 떠돌이 아들에게 끓여준 '간 맞은 국'이 그 목메임의 도화선이다. 그 떠도는 아들은 '옆구리에 굵은 솥 같은 슬픔을 낀' 어머니의 아들이다. '어머니'와 '아들' 사이의 이 소유격 조사 하나가 인간의 운명이다. 떠도는 아들은 어머니가 맞추는 국의 간에 길들여져 있다. 어머니의 '간 맞은 국'은 왜 슬픈가. 인간은 왜 '어머니의 간 맞은 국'과 더불어 끝끝내 비애 없이 화해로울 수가 없는가. 부랑하는 아들은, 자신의 부랑이 어머니에게 준 상처에 의하여 다시 상처받고 있다. 어떤 상처도 지나가 버리지는 않는다. 모든 상처는 현재의 상처이고 그 상처는 서로의 상처를 새롭게 찌르고 있다. 상처가 서로를 찌르는 것은 그 부랑하는 아들이 어머니의 아들이기 때문이다. '간 맞은 국'은 상처의 간이다. 그 생물적 조건 앞에서 아들은 도망치려 하고 있다. 아들은 어머니의 '낙담'을 어머니 개인의 영역 안에 가두어 두려 한다. 아들은 어머니를 개인의 길 위로 내밀어 저 고통스런 생물적 조건과 헤어지려 하고 있다. 아들은 스스로 개인이 되기 위하여 입을 닦고 일어선다. 아들은 그 짓이 '추물스럽다'고 느낀다. 그것은 '오늘의 상처'이다. 아들은 혈육의 길로 가지 못하고 개인의 길로 가지도 못한다. 그는 차마 가지 못할 두 길 사이의 화해의 길을 따라가지도 못하고, 이 길도 저 길도 아닌 초월적 자유의 길을 따라가지도 못한다. 그는 그 생물적 운명 앞에서 그 운명을 인간의 안쪽으로 끌어넣으면서, 주저앉아 있다.

살아 생전의 땀들이 손자국을 남기는 등뼈
등뼈 구부러질 무렵
삶의 멀미가 멀어질 것인가
문득, 자전거를 피하여 어두운 벽에 붙을 때
너의 아버지가 휙 지나간다. 아.
(「등뼈 기진한 밤」 중에서, 같은 책)

살아서 헤맨 것을 보여다오 노인이여,
살아서 죽음을 알 수 없고
죽어서 헤맨 것이 남지 않는데
그토록 가시 돋친 눈물 눈물이 걸린 가시가
아프게 한 것은 무엇이었을까.

(······)

낡아빠진 문 앞에 돌아온
장남이라는 충격을 나는 삼십대에 받는다.
(「저녁 염창동」 중에서, 같은 책)

　옮겨 적은 두 토막의 시행 속에서 혈육이라는 운명과의 불
화 또는 그 앞에서의 목메임은 삶의 길 없음에 대한 생물학
적 증거처럼 드러나 있다. 그것들은 드러나 있다기보다는,
길 없는 삶의 저변을 끊임없이 얼씬거리는 망령의 모습을 하
고 있다. 그것들은 시의 마지막 행에 두껍고도 캄캄한 벽을
세운다. 황학주의 시들은 대부분 그 벽을 뛰어넘지 못한다.
'뛰어넘는다'는 것이 무슨 말인지, 어떻게 하는 것이 뛰어넘
는 것인지, 어떻게 해야 뛰어넘어지는 것인지, '뛰어넘기'는
삶 속에서 가능한 것인지, 그리고 '뛰어넘는다'는 저 스포츠
용어를 인간의 삶에 대하여 안심하고 사용해도 좋은 것인지,
사실 나는 모른다. 내가 안다고 말할 수 있는 것은, 황학주의
시들은 그 벽에 갇혀 있으며, 그 벽에 몸을 비비고 있다는
것, 그리고 그가 그 벽을 혹시라도 '뛰어넘기' 위하여 삶 속
에 포함되지 않는 그리고 상처받고 끊어진 삶 속으로부터 스
스로 솟아나오지 않는 어떠한 길이나 방향성도, 손짓이나 유
혹도, 깃발이나 몽상도 따라가지 않는다는 것, 그것뿐이다.
황학주의 시 속에서 떠돎과 주저앉음은 다르지 않다. 그것은

저 '너무너무나 먼' 삶 앞에서 벌어지는 두 개의 모순된 외양을 갖는 헤매기일 뿐이다. 그것은 길 없는 세상에서, 버림주기와 버림받기가 다르지 않은 것과 같다. 쓸쓸해서 버리고 돌아서야 하지만, 혈육은 버려지지 않는다. 혈육은 '나'의 버림받음 위에서만 버려질 것인데, '나'가 '나' 자신의 버려져 있음을 깨닫는 순간, 버리고 돌아선 혈육은 여전히 내 속에 살아서, 죽어가고 있다. 혈육은 지옥이다. 혈육으로 가는 길은, 황학주의 시 속에 없을 뿐 아니라, 아마도 본래 없는 모양이다.

황학주의 어떤 시들은 그 길 없는 세상에서의 떠돎과 주저앉음 속에서 때때로 인간의 상처와 무정처의 밑바닥에서 솟아오르는 목메이는 따스함에 도달한다. 그 따스함은 구원이나 초월이 또는 현실을 향한 지향성이 가져다 주는 행복한 외래(外來)의 따스함이 아니라, 생명의 자기 치유능력 속에서 돋아나는 자생적인 따스함이다. 그 따스함은 쓸쓸한 따스함이지만, 손으로 만질 수 있는 확실한 따스함이다. 이 따스함을 희망이라고도 사랑이라고도 또는 민중성이라고 말하는 것도 아직은 이를 듯하다. 내가 좋아하는 황학주의 시는, 이 규정되지 않는 따스함의 싹이 아주 조금 발아되어 있는 시들이다. 그 시들은 삶의 고통과 더러움, 길 없음과 차단, 떠돎과 주저앉음 들을 비틀거나 지우려 하지 않고, 또는 달래거나 가리지 않고, 또는 넘어서거나 뭉개려 들지 않고, 떠돌든 주저앉든 어쨌든 그 한복판에 자신을 위치시키면서, 상처받은 인간과 차단된 삶 사이의 교섭의 내용을 보여준다.

　그 이름이 아직 있는 수첩
　그대 생일에 쉰내나는 나의 저녁상
　때로 지나간 시간은 멀리 가서 아양도 떤다는데
　째각째각 쓰린 감촉이 눈 밑으로 흘러드는
　물맴이 돌아가는 작별의 방죽

　물에 만 밥을 뜨다 담배를 물면
　성냥 불꽃이 순간 손목을 잡는 것이 고맙고
　상 위에 비지, 아 눈물도 있군
　내가 드디어 하나님보다 뜨거워지고
　쓸쓸해지는 것 같다
　(「내가 드디어 하나님보다」 전문, 『슬픔의 온도』)

　여기서 칠농짝만하게 지린내내면서
　유달리 바짓단 터지게 살아야지
　새 물 받는 집에 저녁 불빛이 철벅거리며
　끼얹어 주는 따스한 낙차,

나는 살수록 흙 가까이 떨어져 내릴 것이다

(「이삿짐 풀고 난 후에」 중에서, 『갈 수 없는 쓸쓸함』)

아직도 네게 길들지 않는 두드러기 빨갛지만

이 모래 들판에서

목 빠지게 못 잊었던 기다림의 궁지

쭉쭉 팔처럼 젖히며 가고 싶었던 사랑

이렇게 가슴 상한 여기를 내 마음이라고 하나

여기를 사랑이라고 하나

네게 화상같이 벌건 오장을 보인다

(「여기를 사랑이라고 하나」 중에서, 같은 책)

  맨 처음에 옮겨 적은 「내가 드디어 하나님보다」라는 시를 따라가면, 현재의 시간이 인간의 눈 밑을 찌르는 까닭은 지나간 시간이 아프기 때문이다. 지나간 시간은 아픔이라는 물맴이를 돌리며 현재의 시간을 굴린다. 작별이나 돌아섬은 사실상 이루어지지 않고, 현재의 시간은 지나간 시간의 아픔으로부터 벗어나지 못한다. 그것들은 서로 톱니처럼 물고 물맴이 위를 흐른다. 물에 만 밥은, 후루룩거리며 빨리 먹어치우는 쓸쓸한 밥이다. 그 밥을 먹다 말고 담배를 붙여 무는 것은 쓸쓸한 인간들의 고약한 버릇이다. 성냥불꽃이 손목에 와닿는 것이 '고맙다'는 진술 속에 그 쓸쓸함은 들어 있다. 상 위에는 비지가 놓여 있는데, 그 비지는 '아, 눈물도 있군'이라는 확인에 가 닿는다. 비지의 쓸쓸함과 눈물의 뜨거움은 외마디 비명 같은 감탄사 '아' 속에서 삼투되고 합쳐진다. 비지도 눈물도, 그리고 지나간 시간이나 현재의 시간도, 또는 물에 만 밥이나 밥 먹던 도중의 담배는 모두 쓸쓸함과 차단의 인자들이다. 그것들은 개별적으로는 인간의 삶의 질감을 변화시킬 수 없고, 인간에게 아무런 위안이 되지 않는다. 그러나 그 비지와 눈물이 쓸쓸함과 뜨거움으로 엉겨붙어버릴 때, 인간은 울음이 터져 나오기 직전의 목메임으로 '내가 드디어 하나님보다 뜨거워지고 쓸쓸해지는 것 같다'라고 중얼거릴 수 있게 된다. 그리고 그 중얼거림에 실려 있는 쓸쓸함과 뜨거움의 혼합체는 삶의 내부에서 자생적으로 돋아난 어떤 새로운 삶의 질감일 터이고, 그 새로움은 막힌 삶의 조건들로부터 추호도 이탈함이 없이 그 조건들을 인간의 마음속에서 변화시키고 있다.

그리고 그 다음에 옮겨 적은 시편들도 상처받은 삶의 바닥으로부터 자기 치유의 싹들을 조심스럽게 내비치고 있다. 나는 단절된 삶과 인간과의 교섭을 보여주는 황학주의 시편들을 좋아한다. 그리고 나는 이 부분이야말로 그가 그의 어눌한 컥컥댐을 버리고, 또는 힘겹게 컥컥대면서, 끝까지 밀어

붙여야 할 대목이라고 믿는다. 그의 시들은 능멸당한 삶의 자리에서 완강히 버티고 있거나 처절하게 부랑하고 있다는 점에서는, 이런 단어를 쓰고 싶지 않지만, 구태여 말하자면 민중적이라고 할 수도 있다. 그러나 그가 그 부랑의 정서를 집단화하거나 이념화하지 않고, 집단화되고 계열화된 서정으로 지향성을 삼고 있지 않다는 점에서는 요즘 말로 전혀 민중적이 아니다. 그리고 나는 초월도 아니고 이념도 아닌 황학주의 이 정직성이 90년대에는, 우리들 독자에게 더욱 고통스런 뜨거움으로 다가와주기를 바란다. 황학주의 시와 더불어, 나는 날아서 갈 수도 없고 뛰어넘어서 갈 수도 없다. 깃발을 따라갈 수도 없고 뒤돌아갈 수도 없다. 다만 통과해서 가든지, 아니면 가지 못하든지 둘 중의 하나일 것이다. 내 다리는 자꾸만 진흙 속으로 빠져간다.

"한참 말 안 들을 나이로군"

이문재(시인)

문학 판에서도 잘 모른다. 일간지 문학담당 기자들과 가까운 문인들도 언론계의 호칭까지는 귀담아듣지 않는다. 문단에서는 나이든 어른을 선생님이라고, 5년 정도 터울이면 형-동생하지만, 언론계에서는 무조건 '선배'라고 부른다. 1년 고참이든, 10년 이상 대선배든 선배다. 선배 '님'이라고 하지 않는다. 직위도 마찬가지다. 부장님, 국장님이라고 하지 않는다. 김부장, 박국장이다.

나에게 김훈은 선생님이거나 형님이기 이전에 선배였다. 1987년 여름 어느 날, 인사동의 한 식당에서 처음 만난 날부터 선배였다. 당시 나는 20대 후반의 무명 시인이었고, 영향력이 없는 잡지사의 어리숙한 기자였다. 당시 30대 후반이었

선배의 내일은, 즉 선배의 중년은 가을이 아니었다. 선배는 50대 초반에 본격적으로 소설을 쓰기 시작했고, 50대 초반에 사회부 기자로 사건 현장으로 뛰어들었다. 선배는 산악자전거를 타고 50대로 달려 들어갔다. 선배의 중년은 난감하지 않았다.

던 그가 그 큰 두 눈으로 빤히 쳐다보며 던진 질문을 나는 선명하게 기억한다. "몇 살이냐?" 내가 "올해 스물여덟입니다"라고 답하자, 선배가 말했다. "한참 말 안 들을 나이로구나." 한참 말 안 들을 나이!

선배는 그때 한국일보 문학담당 기자였다. 그의 기사는 언론계와 문단은 물론 지식인 사회를 충격하고 있었다. 그의 기사는 6하 원칙(객관주의)에 입각한 기사가 아니라, 글쓰는 이의 주관에 바탕한 '문장'이었다. 파격이었다. 김훈은 기자가 아니었다. 문단에서 인정하는 문사였다. 그는 팬레터를 받는 거의 유일한 기자였다.

1980년대 후반, 시운동 동인들은 한 달에 한 번씩 인사동 카페에 모였다. 동인을 이끌어가던 하재봉 형이 시집 합평회를 열었다. 새로 나온 시집 가운데 한 권을 선정해, 합평회를 가졌는데, 시집의 주인공뿐 아니라, 기형도, 박해현, 성석제, 원재길 등 동인이 아닌 젊은 문인들도 참석했다. 1부는 재봉 형이 관장했지만, 2부 술자리는 김훈 선배가 좌장이었다. 김 선배는 가차없는 심사위원장이었다. 젊은 글쟁이들이 노래를 뽑고 나면, 선배로부터 한 마디씩 들어야 했다. 음정, 박자에서부터 자세, 감정, 선곡의 적합성에 이르기까지, 선배는 촌철로 '살인'했다. 그 자리에 모이던 젊은 시인들은 저마다 가수였다. 그 무렵 김선배의 지정곡은 "우리는 말 안 하고 살 수가 없나"였다. "언젠가 가겠지, 푸르른 내 청춘"도 있었다. 그 무렵, 우리는 인사동에서 술 마시고, 노래하고 춤을 췄다. 그러나 술 마시고 노래하고 춤을 춰봐도 달라지는 것은 없었다.

선배에게는 동년배 친구가 거의 없었다. 선배는, 선배의 선배들과 자주 부딪히는 모양이었다. 대신 10년 아래 젊은 문인들과 놀았다. 김훈 선배 주위에 모이는 후배들은 '한참 말 안 들을 나이'에다 거개가 '마음의 불구자'들이었다. 1989년 봄, 기형도가 죽었을 때, 마음의 불구자들은 한동안 미쳐 있었다. 시운동은 그때 팸플릿을 발행하고 있었는데, 기형도 추모 호에 썼던 선배의 글 마지막 문장을 지금도 기억한다. "그래, 그곳에도 누런 해가 뜨더냐. 다시는 돌아오지 말아라."

한참 말을 듣지 않을 나이의 내게 김훈 선배는 직업인으로서뿐만 아니라 인생(아, 드디어 이 단어, 인생을 쓴다)의 선배였다. 술과 음식에서부터 노래, 등산, 여행은 물론이고 고전과 전통, 영문학, 일본 문화 등에 이르기까지, 나는 거의 모든 것을 선배에게 배웠다. 20대 후반부터 40대 초반까지, 그러니까 1990년대 초반부터 2000년대 초반까지, 나는 선배와 더불어 월급을 벌었다. 내가 매체를 옮길 수 있었던 것도 선배의 충고와 권유 때문이었다. 그런데 3년 뒤, 선배가 내가 있는 직장으로 왔다. 그 이후 10년 가까이 한솥밥을 먹었으니, 나에게 선배는 단순한 선배가 아니었다. 1990년대 후반, 잠시 출판사에서 일할 때, 한동안 고민을 해야 했다. 출판사 편집자들이 나에게 "말투까지 김훈 선생님을 닮았다"는 것이었다. 전화 받는 목소리는 물론이고, 특히 술자리에서 더욱 그렇다는 것이었다. 나는 너무 많이 배웠던 것이다. 어디 말투뿐이랴. 내가 쓴 기사, 내가 쓴 산문의 어떤 아이디어, 어떤 표현, 또 어떤 리듬(문체)의 저작권은 나의 것이 아니었다. 선배의 시각과 문장을 모방해왔던 것이다.

선배의 글읽기에 대해 말해야 한다. 이성복 시인이 『남해 금산』을 펴낸 직후였다. 선배는 이성복 시에 대해 기사를 몇 줄 썼는데, 그때 나에게 이렇게 말했다. "『남해금산』을 백 번 읽었다." 그는 많이 읽을 뿐 아니라, 깊이 읽는다. 『태백산맥』에 대한 기사를 쓸 때, 그는 그 소설을 세 번 정독하면서 대학노트에다 인물이며 사건, 구성, 문체 따위를 하나하나 정리했다. 선배는 탐욕스럽고 까다로운 독자이다. 사표를 내고(그는 한국일보에서뿐 아니라 『시사저널』에서도 자주 사표를 냈는데, 그때마다 사표는 어떤 사안에 대한 강력한 의사 표현이었다. 그의 사표는 '칼'일 때가 많았다) 집에서 쉴 때(그럴 때

선배는 '시간이 달다'라고 말했다) 선배는 자신의 이름 뒤에 '독서가'라고 밝혔다. 김훈(독서가).

선배의 글쓰기는, 저 혹독한 글읽기의 연장이다. 그는 200자 원고지에 연필로 글을 쓴다. 한 원로 평론가가 '신석기 시대의 글쓰기'라고 명명했거니와, 그의 연필은 그의 온몸이었다. 그는 온몸으로 연필을 밀고 나간다. 선배의 책상 아래 낭자하던 파지며, 지우개똥, 담배꽁초를 나는 잊지 못한다. 선배의 첫 책인 『내가 읽은 책과 세상』에서부터 『풍경과 상처』 『빗살무늬토기의 추억』을 거쳐 『자전거 여행』 『밥벌이의 지겨움』 『칼의 노래』 『현의 노래』가 다 저 온몸으로 원고지를 채워나간 결과이다. 선배의 글은 곳곳에서 경쾌하게 읽히지만, 저 글쓰는 모습을 목격한 나는 경쾌하게 읽히는 대목일수록 천천히 읽는다. 가장 힘들게 씌어졌을 부분이기 때문이다.

『내가 읽은 책과 세상』은 선배가 처음 펴낸 책이다. 1989년, 이 책이 처음 나왔을 때, 내 주위의 젊은 글쟁이 가운데 몇몇은 저 첫 문장을 외우고 있었다. "내일이 새로울 수 없으리라는 확실한 예감에 사로잡히는 중년의 가을은 난감하다." 그때 나는 30대 초반이어서 저 난감함이 절실하지 않았다. 이 책은 몇 년 뒤, 서점에서 사라졌지만, 이후 선배의 글과 책에서, 선배의 삶과 사유 속에서 『내가 읽은 책과 세상』은 분명하게 살아 있었다.

선배의 내일은, 즉 선배의 중년은 가을이 아니었다. 선배는 50대 초반에 본격적으로 소설을 쓰기 시작했고, 50대 초반에 사회부 기자로 사건 현장으로 뛰어들었다. 선배는 산악자전거를 타고 50대로 달려 들어갔다. 선배의 중년은 난감하지 않았다. 젊은이들보다 더 젊었다.

선배의 글쓰기에 대해 말해야 한다. 선배의 글쓰기는 연주다. 『칼의 노래』 초고를 완성하고 나서, 선배는 내게 말했다. "이번에는 중중모리를 구사했다." 내가 알기에, 그는 주제를 정하기 전에, 먼저 그 글에 적합한 박자를 고른다. 24박에서 2박 사이, 휘몰이에서 진양조 사이에서 리듬을 정한다. 그 리듬이 몸에서 숙성한 다음, 몸에서, 몸을 통해 나아간다. 그의 문장이 질주와 저격의 성격을 표현할 때, 그 문장의 리듬은 2박자이다. 반면 그의 문장이 풍경을 묘사하거나, 관능을 이끌어갈 때, 그의 문장은 진양조에 가까워진다. 그의 글(쓰기)은 연주다.

30대 후반에 이르기까지, 나는 선생님이나 선배들을 좇아다녔다. 친구나 후배들을 만나는 시간보다 선생님이나 선배들을 더 좋아했다. 그런데 마흔이 가까워지던 어느 날, 돌아보니 내 밑에 후배들이 자욱했다. 당혹스러웠다. 내가 선배들을 따라다니는 동안, 후배들을 거들떠보지 않은 것이었다. 나는 헛기침을 하며, 나를 추스렸다. 그리고 후배들에게 묻기 시작했다. "너 몇 살이냐?" "음, 한참 말 안 들을 나이로구나." 그러나 그뿐이었다.

나는 선배가 되어 있지 못하다. 최근 몇 년 동안, 선배가 되기 위해 나름대로 노력했지만, 나는 아직도 '한참 말 안 들을 나이'의 후배에 머물러 있다. 아, 선배는 그 많은 술값을 다 어떻게 감당했을까. 선배는 그 많은 후배들의 술주정과 '민원'들을 어떻게 다 처리해온 것일까. 나, 선배에게 모든 것을 배운 후배이지만, 내 후배들에게는 나, 아직 선배가 되지 못하고 있다. 내 잘못이다. 나는 선배의 문체와 말투에서 어느 정도 벗어나 있지만, 나는 아직 성인이 되지 못한 것이다.

누군가의 선배가 되기 위해 내 삶과 글을 돌아볼 것이지만, 내가 김훈 선배의 후배라는 사실만큼은 앞으로도 포기하지 않을 것이다. 선배 앞에서 나는 계속 '말 안 들을 나이'를 유지할 것이다. 나는 배워야 할 것이 많고, 선배는 또 선배대로 더 높이, 또 더 멀리 가야 할 곳이 있기 때문이다.

내가 읽은 **책과 세상**

초판　1쇄 펴낸날 1989년　7월　5일
　　　9쇄 펴낸날 2021년　8월 12일

지은이 김훈
발행인 김혜경
편집인 김수진
편집기획 김교석 조한나 이지은 유승연 임지원
디자인 한승연 성윤정
경영지원국 안정숙
마케팅 문창운 박소현
회계 임옥희 양여진 김주연

펴낸곳 (주)도서출판 푸른숲
출판등록 2002년 7월 5일 제406-2003-032호
주소 경기도 파주시 심학산로 10(서패동), 우편번호 10881
전화 031)955-9005(마케팅부), 031)955-9010(편집부)
팩스 031)955-9015(마케팅부), 031)955-9017(편집부)
홈페이지 www.prunsoop.co.kr
페이스북 www.facebook.com/prunsoop
인스타그램 @prunsoop

ⓒ 푸른숲, 2021

ISBN　89-7184-411-6　03810